LES WHISKEY :

LES DARK KNIGHTS DE PEACEFUL HARBOR

À nos horizons (Tome 8)

MELISSA FOSTER

Ce roman est une fiction. Les événements et les personnages qui y sont décrits sont imaginaires et ne font pas référence à des lieux spécifiques ou à des personnes vivantes. Les opinions exprimées dans ce manuscrit sont uniquement celles de l'auteur et ne représentent pas les opinions ou les pensées de l'éditeur. L'auteur a déclaré et garanti la pleine propriété et/ou le droit légal de publier tout le contenu de ce livre.

Note aux lecteurs

Si c'est la première fois que vous découvrez la famille Whiskey, sachez que chaque livre est écrit afin de pouvoir être lu de manière indépendante, alors faites le grand saut et tombez sous le charme de Penny et Scott.

Pour les fans inconditionnels des Whiskey, Penny et Scott sont deux de mes personnages secondaires préférés depuis que je les ai rencontrés pour la première fois dans la série, et je suis très heureuse de leur permettre de vivre leur fin heureuse. J'ai été surprise et ravie lorsqu'ils se sont retrouvés dans le livre de Quincy Gritt, AIME-MOI DANS MES TÉNÈBRES. Cette histoire se déroule plusieurs mois après le tome de Quincy. J'espère que vous aimerez Penny et Scott autant que moi.

Si vous souhaitez en savoir plus sur les Whiskeys, Penny et Scott, je vous suggère de commencer par **SOUS L'ARMURE DE TON COEUR**, le premier livre de la série Les Whiskey : les Dark Knights at Peaceful Harbor.

Pour en savoir plus sur la série Les Whiskeys : les Dark Knights de Pearl Harbor :
www.MelissaFoster.com/les-whiskey-les-dark-knights-de-peaceful-harbor

Pour ne manquer aucune information sur mes futures sorties de la série Les Whiskeys, abonnez-vous à ma newsletter :
www.MelissaFoster.com/Francaise-news

Pour en savoir plus sur mes romances sexy, amusantes et pleines

d'émotions, qui peuvent toutes être lues de manière indépendante ou faisant partie d'une série plus importante, rendez-vous sur mon site web :
www.MelissaFoster.com/amour-sublime

Si vous préférez les romances plus douces, sans scènes explicites ni langage cru, découvrez ma série en anglais, *Sweet with Heat*, sous le nom de plume, Addison Cole. Vous y trouverez les mêmes histoires d'amour, en un peu moins torrides.

Belle lecture.
~ Melissa

CHAPITRE UN

Un jour chaud et ensoleillé, une brise fraîche venant de l'eau et le gars le plus sexy de Peaceful Harbor pour moi toute seule. Qu'est-ce qu'une fille pourrait vouloir de plus ?

Penny Wilson ouvrit les yeux, en plissant les yeux à cause du soleil sur Scott Beckley, son petit ami depuis presque sept mois, allongé à côté d'elle sur une couverture sur le pont de son petit yacht de croisière, et elle avait sa réponse.

Plus.

Avec Scotty.

Il tourna son visage vers elle, la voyant le fixer et un sourire carnassier courba ses lèvres. Ses yeux sombres glissèrent le long de son corps, s'attardant sur le haut de son bikini jaune si longtemps que ses mamelons se mirent à picoter. Ses yeux s'enflammèrent, continuant leur promenade le long de son corps, la dévorant visuellement, ralentissant à nouveau lorsqu'il atteignit le bas de son bikini, les muscles de sa mâchoire se contractant.

— *Mm-mm.* Bonjour, ma Sexy Girl, dit-il, en se tournant sur le côté.

Il lui offrit une vue splendide de son corps musclé d'un mètre quatre-vingt, doté de mains rugueuses, conséquences de son travail manuel. Il était nu à l'exception de son maillot de bain. Ses longs doigts descendirent le long de son ventre, se posant sur le bord de son bikini, sa paume brûlant sa peau. Il avait les mains les plus grandes et les plus fortes qu'elle ait jamais vues et il savait exactement comment s'en servir. Le désir s'infiltra dans son corps, se contractant et se réchauffant sous son contact. Ses yeux remontèrent lentement vers les siens, remplis d'un désir démesuré. Elle n'avait jamais rencontré un homme plus vigoureux sur le plan sexuel. Depuis le moment où ils s'étaient enfin mis ensemble, ils étaient sur des charbons ardents. Ses doigts s'enroulèrent autour de sa hanche et il l'attira plus près. Il glissa sur elle, son corps dur se frottant délicieusement contre elle.

— Tu étais trop lointaine, déclara-t-il d'une voix profonde et éraillée Je te préfère sous moi.

Scott était un homme peu loquace, mais il savait exactement quoi faire pour la faire mouiller et être désirée. C'était un maître en la matière, donnant autant qu'il *prenait*. C'est pourquoi Penny avait opté pour la contraception, parce qu'elle ne voulait pas retarder le plaisir plus qu'il ne le faisait. C'est aussi pour cela qu'ils ne jetaient jamais l'ancre trop près du rivage ou d'autres bateaux. Ils avaient appris la leçon lorsqu'ils s'étaient laissés emportés et avaient été repérés dans une position compromettante par un bateau de passage rempli de jeunes gens bruyants.

Elle enroula ses bras autour de lui, son cœur battant si fort qu'elle savait qu'il le sentait.

— Pourquoi, M. Beckley, essayez-vous de me séduire sur votre *yacht* ?

Scott travaillait à la marina. Il avait acheté le vieux yacht de croisière pour une bouchée de pain, et il avait passé les douze derniers mois à le réparer, mais il refusait de l'appeler par son nom, l'appelant plutôt son *bateau*. Penny se moquait de l'argent et des choses matérielles, mais elle tenait à *Scott*. Elle souhaitait qu'il prenne conscience de son travail acharné et du chemin parcouru depuis son adolescence, où il avait passé des années à protéger ses deux jeunes soeurs de parents violents. Il avait été mis à la porte à dix-sept ans et avait trouvé sa place dans le monde en travaillant sur des plates-formes pétrolières comme soudeur sous-marin. Ses deux jeunes sœurs, Sarah et Josie, s'étaient ensuite échappées à deux reprises de la maison de leurs parents en Floride grâce à l'argent que Scott leur avait laissé. Sans que les autres ne le sachent, Sarah et Josie avaient pris de nouvelles identités lorsqu'elles avaient fui l'état et ils avaient perdu le contact. Après une décennie de recherches, Scott avait fini par les retrouver, il y avait environ deux ans de cela. Il faisait désormais partie intégrante de leur vie et était un oncle aimant et protecteur pour leurs enfants.

Scott fronça les sourcils, retira les bras de la jeune femme de son cou et les coinça au-dessus de sa tête.

— Tu essaies de m'énerver, Penelope Anne ?

Il pressa ses lèvres chaudes contre le gonflement de sa poitrine.

— Parce que tu sais comment je suis quand tu me mets en colère.

Oh *oui*, elle le savait et elle adorait ça. Elle se cambra sous lui alors qu'il déposait des baisers le long de sa poitrine et enfonçait ses dents dans son autre sein, juste assez fort pour que des pics de plaisir la parcourent et que ses poumons émettent un son rauque.

— J'appelais juste ton jouet de grand garçon par son nom, souffla-t-elle.

— C'est drôle. Je ne t'ai pas entendu dire *"queue"*, rétorqua-t-il en faisant glisser avec ses dents le haut de son bikini sur sa poitrine.

Il abaissa sa bouche sur elle, la mordillant fortement.

Elle se tordit sous lui, le plaisir irradiant le long de ses membres. Son langage cochon avait autant d'effet que la sensation de sa langue et de ses dents, mais c'était loin d'être suffisant.

— Si tu dois me goûter, autant profiter de mon endroit le plus sucré.

Il ignora sa suggestion, ses yeux sombres se dirigèrent vers les siens avec avidité tandis qu'il prodiguait à son autre sein la même attention excitante. Il frotta son membre dur contre elle, enflammant tous ses nerfs en même temps. Son corps entier vibrait de désir.

— *Scotty*, murmura-t-elle en haletant, essayant de libérer ses mains. J'ai besoin de te toucher.

Ses yeux sévères balayèrent les eaux vides autour d'eux. Même s'il était très entreprenant, il veillait *toujours* sur elle, s'assurant qu'elle était non seulement d'accord avec ses actions, mais aussi en sécurité.

En quelques secondes, il les déshabilla tous les deux, son érection avide dépassant largement de son nombril. Le corps de Penny vibrait du besoin de le sentir enfoui en elle, d'être enveloppée dans ses bras, de sentir leur amour exploser entre eux.

Elle se rapprocha de lui, mais il secoua la tête, les yeux sombres comme la nuit, s'abaissa sur le dos.

— Je *te* veux sur ma *bouche* et moi *dans* la tienne.

— Oh, oui, tu le veux, n'est-ce pas ? le taquina-t-elle, se levant sur ses genoux, aimant l'avidité dans sa voix.

Elle n'avait jamais eu peur de sa sexualité, mais elle n'avait jamais été avec un homme dont elle avait envie comme elle désirait Scott. Lorsqu'ils s'étaient mis ensemble pour la première fois, il avait été *trop* prudent avec elle, retenant son désir de la serrer plus fort, de la renverser, de la mordre ou de lui tirer les cheveux. Elle avait rapidement mis fin à ses inquiétudes sur le fait de la blesser et maintenant elle aimait le narguer.

— Carrément *oui*, répondit-il, comme un juron.

Il attrapa ses hanches, la soulevant de la couverture et l'abaissant pour qu'elle soit à cheval sur son visage. D'un coup sec, il la plaça exactement là où il voulait, se rassasia d'elle, provoquant chez la jeune femme un plaisir exquis. Ses hanches se déhanchèrent alors qu'elle chevauchait sa bouche, des gémissements s'échappant de ses lèvres. Avec le soleil chaud sur son dos, il exerça sa magie, la rendant capable de se tordre, de gémir, d'implorer, les nerfs à vif. Elle était complètement perdue en lui. Quand il posa une main sur son dos, poussant douce-ment son torse vers le bas, elle se souvint de ce qu'il voulait d'*autre* et fut plus qu'heureuse d'obtempérer. Elle enroula sa main autour de son membre et le prit dans sa bouche, ce qui lui valut un gémissement guttural. Ils se rendirent mutuellement fous, se suçotant, se léchant, utilisant leurs dents. Elle utilisa tous les trucs qu'elle avait appris et qu'il aimait, comme augmenter son excitation en continuant à lui donner du plaisir alors que son orgasme la submergeait. Elle sentit ses muscles se rigidifier quelques secondes avant qu'il ne la renverse sur le dos et ne descende sur elle, la pénétrant d'un seul coup. Ses bras puissants l'entourèrent, la soulevant et l'inclinant, tout en dévorant sa bouche et en la pénétrant. Elle lutta contre un autre orgasme, voulant le vivre *avec* lui. Tout était mieux avec lui. Ses ongles s'enfoncèrent dans son dos tandis qu'il caressait ce point secret en elle avec une précision étourdissante. Des picotements de chaleur grimpèrent le long de ses membres, enflammant ses veines. Au moment où elle perdit le contrôle, il céda à sa propre et puissante libération, éloignant sa bouche et grognant son nom entre ses dents serrées.

Lorsqu'ils descendirent de leur extase, il la berça dans ses bras, la couvrant de baisers, tous deux à bout de souffle.

— C'est *si* bon, Pen. Tu me tues, bon sang.

Tu me fais me sentir entière.

Elle resta blottie dans son étreinte, pensant à tout le chemin qu'ils avaient parcouru. Scott et elle traînaient avec le même groupe d'amis très proches. L'année dernière, à la même époque, lorsque Penny avait participé à une vente aux enchères caritative pour célibataires au bar *Le Whiskey's*, Scott et elle n'étaient que des *amis*. Les Whiskey étaient comme une famille pour eux et Dixie Whiskey-Stone organisait la vente aux enchères. Il était évident que les hommes célibataires de leur groupe se porteraient volontaires pour être mis aux enchères, y compris Scott et Quincy Gritt, l'ami et l'homme le plus proche de Penny. Presque tout le monde pensait d'ailleurs que Penny et Quincy finiraient ensemble.

Mais Quincy et elle avaient toujours su qu'il en serait autrement.

Ils étaient devenus très amis, mais il n'y avait jamais eu entre eux la tension qui donne des frissons, comme c'était le cas entre Scott et elle. Le plus étrange, c'est que *Penny* n'avait pas réalisé à quel point Scott lui plaisait jusqu'au soir de la vente aux enchères, quand il s'était pavané sur scène, attirant l'attention de toutes les femmes présentes. Penny n'oublierait jamais le tiraillement de son estomac ou la jalousie qui l'avait tenaillée alors qu'elle regardait les femmes enchérir sur lui. Elle avait pensé à faire une offre sur Scott, mais il n'avait jamais semblé s'intéresser à elle de cette façon. Il semblait être attiré par Cassie

Lawrence, qui possédait la boulangerie en bas de la rue du magasin de glaces de Penny. Quand celle-ci avait remporté le rendez-vous avec Scott, Penny avait été choquée de voir à quel point cela l'avait dérangée. Elle était persuadée que Scott et Cassie allaient sortir ensemble et que tout serait fini.

Mais cela n'avait pas été le cas.

Son attirance secrète pour lui avait grandi et provoquait des étincelles en elle, chaque fois qu'elle était près de lui. Mais il ne lui avait donné aucune indication sur son intérêt jusqu'au mois de novembre dernier, lorsqu'il avait fait du baby-sitting pour les trois enfants de sa soeur Sarah, et de son fiancé, Wayne "Bones" Whiskey : Bradley, Lila et Maggie Rose. Scott avait appelé Penny pour lui demander de venir l'aider avec Maggie Rose, le bébé. Il avait l'air *différent*, comme un homme qui s'intéressait à une femme, pas seulement un ami qui avait besoin d'aide. Cette chaleur dans sa voix l'avait mise dans tous ses états. Elle avait fait de son mieux pour rester cool, mais après avoir couché les enfants, il avait l'air d'un tigre en cage, les yeux flamboyants, la retenue inscrite dans ses muscles tendus et il avait pratiquement grogné : *Quincy te plaît ?* Sa question l'avait prise au dépourvu. Depuis des mois, Quincy était accro à sa petite amie, Roni Wescott et elle pensait que tout le monde le savait. Et quand elle lui avait répondu *Non, Scotty. Je suis à fond sur toi*, il l'avait prise dans ses bras et l'avait embrassée fougueusement. Depuis, ils n'avaient cessé de s'aimer.

— C'est la vie, pas vrai ? Toi et moi sans aucune responsabilité. Vêtements *en option*.

Il déposa un baiser sur ses lèvres.

— On pourrait prendre la mer et disparaître pendant quelques semaines, juste tous les deux.

— Ça a l'air merveilleux.

Elle leva les yeux vers son beau visage, se laissant entraîner dans son fantasme. Il avait beaucoup changé par rapport au type fermé qu'il était lorsqu'ils s'étaient rencontrés, deux ans auparavant. Même son apparence avait changé. Ses cheveux étaient plus longs, plus blonds aussi. Coupés court, ils ressemblaient plus à du chocolat noir qu'à un tourbillon de caramel. Ses yeux étaient plus détendus, moins encombrés. Toutefois, elle était presque sûre que l'ombre de ses parents abusifs se cacherait toujours dans ces magnifiques yeux sombres et elle souhaitait pouvoir faire disparaître ces souvenirs. Scott s'était assez rapidement rapproché de Penny et de leurs amis, mais il s'était encore plus ouvert à elle une fois qu'ils s'étaient mis ensemble, la faisant entrer dans son coeur torturé et aimant. Quelques semaines en mer avec cet homme courageux, loyal et délicieux qui méritait tout ce qu'il y avait de bon dans la vie, seraient le paradis sur terre.

— Rien ne peut se mettre sur notre chemin, ajouta-t-il.

— Aussi séduisant que cela puisse être, mon petit magasin de glaces ne va pas se gérer tout seul.

Penny possédait *Luscious Licks* dans sa charmante ville natale de Peaceful Harbor, dans le Maryland.

— Tu as engagé trois personnes pour l'été. Ils peuvent s'en occuper.

Il avait raison, c'était probablement le cas. Penny n'avait jamais eu besoin de personnel régulier parce que cela ne la dérangeait pas de travailler pendant de longues heures et Quincy et Josie l'avaient aidée quand elle était surchargée. Mais cet été, elle voulait être libre le soir et le week-end pour passer du temps avec Scott. Les deux adolescents et le jeune homme de 22 ans qu'elle avait embauchés lui avaient été chaudement recommandés et faisaient un excellent travail. Elle savait que Scott plaisantait, mais l'idée était si séduisante qu'une partie d'elle regrettait qu'il l'ait fait.

— Je ne pense pas que Roni et Quincy nous en voudraient si nous manquions le dîner chez eux demain soir, mais Sarah serait contrariée si tu ratais son mariage le week-end prochain, lui rappela-t-elle.

Penny ne pouvait pas être plus heureuse pour cette dernière et Bones. Si Scott et Josie avaient connu une vie meilleure après avoir quitté la maison, Sarah avait fini entre les mains d'un autre bourreau. Quand Bones et elle s'étaient rencontrés, elle avait deux jeunes enfants et était enceinte de son troisième. Bones était tombé amoureux de Sarah et de ses enfants. Il voulait lui offrir le mariage qu'elle méritait et il avait tout prévu, réservant l'élégant domaine Davenport, à quarante-cinq minutes de Peaceful Harbor.

Le mariage serait une expérience mitigée pour Penny. Elle avait vu sa grande sœur, Finlay, et la plupart de leurs amis tomber amoureux et comme pour elle avec Scott, l'amour était survenu rapidement. Mais alors que le reste de ses amies étaient allées de l'avant et vivaient en couple, se fiançaient ou se mariaient ou avaient des bébés, elle n'avait qu'un seul tiroir chez lui, faisant des allers-retours entre son appartement et son magasin de glace, même s'ils étaient ensemble tous les soirs. Elle voulait lui dire à quel point elle l'aimait, mais il ne lui avait pas encore dit ces trois mots magiques qui font passer un couple au niveau supérieur. Elle ne voulait pas les prononcer en premier et mettre son cœur en jeu. De qui se moquait-elle ? Son cœur était déjà en danger. Mais le dire en premier la ferait se sentir plus vulnérable et chaque fois qu'elle se demandait *pourquoi* il ne l'avait pas dit, ce qui arrivait beaucoup plus souvent ces derniers temps, elle avait la nausée. Elle *savait* que Scott l'aimait. Elle le voyait dans son regard et le ressentait dans chacun de ses gestes. Même la façon dont il caressait son ventre en ce moment était empreinte d'amour. Mais pour une fille qui désirait fonder une famille et un homme qui ne le souhaitait pas, l'amour n'était peut-être pas suffisant.

Scott se leva sur un coude.

— J'ai hâte de te voir dans la petite robe sexy que tu as achetée.

Ses yeux parcoururent son corps.

— Et de te l'enlever à la fin de la soirée.

Sa peau fut parcourue par la chair de poule.

Il fit glisser ses doigts autour de ses tétons, les transformant en pics durs et ses yeux s'échauffèrent.

— C'est bon de voir que tu as hâte d'y être aussi.

Mon Dieu, elle aimait les choses qu'il lui disait.

— Qui moi ?

Elle rit doucement.

— J'ai hâte de te voir dans ton smoking, accompagnant Sarah à l'autel et les entendre prononcer leurs vœux. Ils sont tellement amoureux. N'as-tu pas hâte d'assister au mariage ?

— Bien sûr. Je suis heureux pour Sarah. Tout ce que j'ai toujours voulu, c'est que Josie et elle soient en sécurité et heureuses. Avec Bones et Jed, je sais qu'ils prendront toujours bien soin d'elles.

Josie avait épousé Jed Moon en février lors d'une cérémonie intime dans la maison de Bones et Sarah, où ils s'étaient vus pour la première fois. Leur fils de sept ans, Hail, avait porté les alliances.

— Tu n'auras plus jamais à t'inquiéter de cela avec les Whiskey et le reste de nos amis présents, déclara Penny.

— C'est vrai.

Il déposa un baiser sur ses lèvres.

— J'ai une surprise pour toi.

— Est-ce que ça ressemble à la surprise que tu viens de me faire ? Parce que je ne sais pas si je peux survivre à une autre.

Il ricana.

— Tu vas adorer celle-ci. Tu connais le festival du dessert à Echo Beach ?

Echo Beach était situé à environ une heure de Peaceful Harbor.

— Tu *sais* bien que oui.

Elle lui avait parlé du festival des desserts sucrés et salés, qui avait lieu trois fois par an, chaque fois dans une région différente du pays. Être exposant au festival était si convoité qu'il était presque impossible d'obtenir une place. Les participants étaient sélectionnés minutieusement. Penny essayait toujours d'accroître la visibilité de son magasin de glaces et de proposer de nouvelles choses aux clients. Elle avait postulé plusieurs fois pour participer au festival, mais n'avait pas encore été sélectionnée.

— Je te l'ai dit, ça fait trois ans que je veux y aller et je n'ai pas été retenue. Je n'arrive même pas à avoir de billets. Ils sont complets…

— En moins de trois heures, répondit-il, reprenant ce qu'elle lui avait dit, il y avait des mois de cela.

— Cette année, c'était complet en *deux* heures, mais devine qui a pu en avoir ?

Penny se redressa, incrédule.

— C'est pas vrai !

Il rigola.

— *Si*, ma chérie. On y va juste après avoir pris une douche.

Elle poussa un cri et se jeta dans ses bras, l'embrassant très fort.

— Merci ! *Je t'aime, je t'aime, je t'aime* ! Tu es incroyable. Comment les as-tu eus ?

— Peut-être que tu pourras me soutirer cette réponse sous la douche.

Il se leva et l'aida à faire de même, la gardant près de lui alors qu'ils se dirigeaient vers la cabane.

Avec la brise du début de l'été dans son dos, un cœur si plein qu'il débordait, et l'homme qu'elle adorait embrassant ses lèvres, elle pouvait *presque* oublier que leurs futures étoiles n'étaient pas alignées.

CHAPITRE DEUX

ECHO BEACH était une charmante ville côtière avec des rangées de cottages vintage aux couleurs vives surplombant des plages immaculées. En été, une grande roue, des montagnes russes pour enfants et un manège agrémentaient le front de mer. Scott n'était allé qu'une seule fois à là-bas que pour une réunion rapide. Il avait hâte d'explorer la ville avec Penny après avoir profité du festival.

Ce dernier battait son plein. Des guirlandes lumineuses s'entrecroisent au-dessus des rangées d'auvents blancs sur la jetée bondée, chacun d'entre eux présentant un vendeur de desserts différents. Un groupe de musique jouait sur une scène à l'extrémité de la jetée, faisant concurrence au bruit des manèges pour enfants et aux terrains environnants, qui étaient animés par des familles, des food trucks et un clown jongleur.

Penny entraîna Scott à travers la foule, avec un sourire radieux et une conversation animée, alors qu'ils se rendaient d'une exposition à l'autre, dégustant des desserts issus de tout le pays. Il avait été attiré par la nature insouciante de la jeune femme et son sarcasme dès le moment où ils s'étaient rencontrés. En apprenant à mieux la connaître, il s'était rendu compte qu'elle était aussi une sacrée femme d'affaires, toujours prête à se demander ce qu'elle pourrait améliorer, ce qu'elle pourrait offrir de plus à ses clients. Il aimait ses exploits commerciaux autant qu'il adorait tout le reste chez elle, de son enthousiasme pour la vie à son caractère attentionné en passant à la façon dont leurs bouches et leurs corps s'accordaient si parfaitement.

— Ça me donne tellement d'idées ! s'exclama-t-elle alors qu'ils s'éloignaient d'un stand. Je n'avais jamais pensé à mettre du *pop-corn* au caramel salé sur de la crème glacée. C'est le nappage parfait. Le sucré et le salé vont toujours bien ensemble et ça ajoute un peu de croquant. Je peux y apporter ma touche personnelle en utilisant de la glace à la pêche ou à la fraise et, au lieu du caramel, utiliser un autre parfum. J'aimerais avoir mon carnet de notes. J'ai vraiment besoin d'écrire tout cela. Il y a *tellement* de choses ici que je risque d'oublier la moitié de ce que je vais inventer.

— Je l'ai, ma puce.

Il sortit son téléphone.

— Popcorn caramel salé sur un autre parfum comme pêche ou fraise. Quoi d'autre ?

— La pizza à la crème glacée ! Je parie que ça ferait un tabac chez les ados. Et je veux essayer de faire des glaces à la fraise et à l'ananas à la noix de coco. Oh, *regarde* ! La boulangerie *Sweetie Pie. Miam !* Il faut qu'on y aille.

Elle était si mignonne, gambadant d'un stand à l'autre dans son short sexy, ses yeux brillant de joie. Ils dégustèrent des tartes, des gâteaux, des biscuits, des tartelettes et à peu près tous les desserts possibles et imaginables, puis elle énonça ses idées après chacun d'entre eux. Son bonheur lui faisait ressentir des émotions qui l'avaient d'abord étonné. Il n'avait jamais pensé que quelque chose pouvait le rendre plus heureux que de savoir que ses sœurs étaient en sécurité et avaient une vie meilleure. Mais le bonheur de Penny était devenu le sien. L'aimer et prendre soin d'elle le comblaient comme rien d'autre ne l'avait fait auparavant.

Si seulement il pouvait lui donner ce qu'elle voulait vraiment.

— Ouvre la bouche, lança Penny, en tendant une fourchette de pudding aux noix de pécan et au fromage frais.

Elle la lui tendit, puis en mangea une bouchée en gémissant comme si c'était la meilleure chose qu'elle ait jamais goûtée. Ce son sensuel amena ses lèvres sur les siennes dans un long baiser torride.

Il la garda près de lui.

— Il n'y a absolument rien de plus doux que toi sur cette planète.

Elle soupira, levant les yeux vers lui avec une expression rêveuse qu'il avait appris à aimer. Ses cheveux marron clair tombaient de façon sexy sur ses épaules. Elle était toujours magnifique, même quand elle portait ses cheveux relevés en un chignon désordonné, fixé par une paille ou un crayon, et l'une des douzaines de petites pinces colorées qu'elle collectionnait. Mais aujourd'hui, avec l'éclat d'un bronzage frais et un débardeur bleu marine qui faisait ressortir ses grands yeux bleus, elle était encore plus éblouissante. Ou peut-être que cela n'avait rien à voir avec son bronzage ou ses vêtements et tout à voir avec la place importante qu'elle occupait dans sa vie. Il trouvait souvent ces petites pinces à cheveux dans les coussins de son canapé et cela le rendait chaque fois heureux.

Une fichue pince à cheveux.

Il ricana à cette idée.

— À quoi tu penses ? demanda-t-elle.

Alors qu'elle revenait au premier plan, il réalisa qu'ils se tenaient au milieu de la passerelle avec des dizaines de personnes qui manœuvraient autour d'eux. Il se laissait si facilement emporter par elle qu'il était habitué à voir le reste du monde s'effacer. Elle était devenue la voix qui le calmait et le recentrait, un besoin qu'il n'avait jamais ressenti auparavant. Le fait qu'il n'ait jamais dormi de la nuit avant elle aurait dû lui mettre la puce à l'oreille. Lorsqu'ils avaient commencé à se voir, il ne voulait pas passer la nuit avec elle parce qu'il avait un sommeil agité. Mais un soir, elle lui avait confié à quel point il lui manquait quand il partait chaque soir. Elle avait ajouté qu'elle avait commencé à avoir l'impression que leurs ébats amoureux n'étaient pas aussi spéciaux pour lui qu'ils ne l'étaient pour elle. Elle était honnête sur tous les sujets et il lui avait confié qu'il ne dormait que d'une seule oreille à cause des abus qu'il avait subis et qu'il ne voulait pas l'empêcher de dormir. La vérité, c'est qu'il avait encore plus mal dormi pendant leur temps de séparation. Il restait debout la nuit, s'inquiétant pour Penny, seule dans son appartement.

Il n'oubliera jamais la profondeur des émotions qu'il avait vues dans ses yeux et entendues dans sa voix quand elle avait dit : *Je préfère dormir une heure par nuit dans tes bras que plusieurs sans toi.* Aucune partie de lui n'avait voulu la rejeter — ou se priver d'elle — et bien qu'il ait fallu s'y habituer, elle ne s'était jamais plainte de son agitation initiale. Ils s'étaient rapidement rendu compte qu'il dormait mieux chez lui que dans son appartement. Il aimait avoir le contrôle de son environnement, ce qui s'expliquait par le fait que le tempérament de son père pouvait s'enflammer à tout instant, souvent au beau milieu de la nuit.

Scott connaissait les bruits de sa maison, les craquements causés par le vent, et même la sensation et le son du silence. Cela ne dérangeait pas Penny de rester chez lui. Plus ils passaient de nuits ensemble, moins son sommeil était agité, ce qui avait provoqué une autre révélation. Tant que Penny était dans ses bras, il savait qu'elle était en sécurité et cela avait calmé une autre partie de lui. Maintenant, tant qu'elle était saine et sauve à ses côtés, il dormait profondément.

Il plongea son regard dans ses beaux yeux.

— Toi, ma chérie. *Toujours* toi.

Il colla ses lèvres aux siennes et ils passèrent les heures suivantes à discuter avec des vendeurs, à noter des idées pour sa boutique et à s'amuser. Plus tard dans l'après-midi, ils partagèrent un hamburger provenant d'un food truck sur le terrain près des manèges.

— Cela me rappelle tellement de bons souvenirs, déclara Penny alors qu'ils passaient devant les montagnes russes pour enfants. Mes parents nous emmenaient chaque année au festival d'été de Peaceful Harbor et nous montions toujours dans la grande roue.

Il la serra plus étroitement contre lui et embrassa le sommet de sa tête. Elle lui avait parlé de son enfance idyllique. Son père avait fêté tous les événements marquants pour Finlay et elle avec des cadeaux emballés avec de gros nœuds roses, et sa mère avait nourri leurs passions, apprenant à Finlay à cuisiner et à Penny à faire de la glace maison et d'autres desserts.

— Je ne suis jamais monté sur une grande roue. Allons faire un tour.

Ses yeux brillèrent et en un instant, ils devinrent tristes.

— Je sais que ton enfance a été horrible, mais a-t-elle déjà été moins pénible ? Quand tu étais beaucoup plus jeune ? A quatre ans ? Cinq ans ?

— Non, dit-il.

Il prit alors la direction de la grande roue.

Il avait détesté lui raconter les horreurs de sa jeunesse. Elle avait pleuré pour ses sœurs et lui, lui brisant le cœur une fois de plus. Mais elle avait besoin de savoir avec qui elle s'engageait, car alors qu'elle avait grandi à coup de barbes à papa et de chewing-gums, lui avait eu droit à des coups de ceinture et des bleus. Il avait été franc avec elle sur tous les points. I lui avait confié qu'il ne cherchait pas à se marier ou à fonder une famille. Il aimait ses nièces et ses neveux au plus profond de lui-même, et il n'avait jamais fait de mal à une femme ou à un enfant, ni à un homme qui n'avait pas fait de mal à quelqu'un d'autre ou qui ne l'avait pas menacé. Mais il craignait que les comportements abusifs de ses parents ne se tapissent au plus profond de lui, gravés dans son ADN, et il n'avait pas l'intention d'infliger à une femme une telle bombe à retardement.

Le problème, c'est qu'il n'avait pas prévu de tomber amoureux d'elle.

— Tu sais qu'on doit s'embrasser en haut de la grande roue, dit-elle alors qu'ils faisaient la queue.

Il la prit dans ses bras.

— C'est une règle absolue ?

— C'est la tradition ou une malédiction. Si un couple prend place sur la grande roue, ils sont destinés à se séparer. Mais s'ils s'embrassent lorsqu'elle atteint son point culminant, la malédiction est rompue et ils seront ensemble pour l'éternité.

— Pour toujours, hum ?

Il avait essayé de se convaincre plus d'une fois qu'il était égoïste de rester avec Penny alors qu'il ne pouvait pas lui donner la famille qu'elle désirait et méritait tant. Il se disait qu'il devait mettre un terme à leur relation, mais il n'y parvenait pas. Il l'aimait tellement qu'il aurait aimé être le genre de personne à pouvoir dépasser ses problèmes et aller de l'avant plus librement, comme son ami Quincy, qui avait surmonté des années de toxicomanie.

Ou Sarah.

Sa poitrine se contracta en pensant à sa sœur qui avait subi autant d'abus que lui. Elle avait quitté la maison peu de temps après lui, pour tomber dans les mains d'un autre tortionnaire. Dieu merci, elle lui avait échappé et elle allait épouser un homme bien qui l'adorait, ainsi que ses enfants. Il n'avait aucune idée de la raison pour laquelle ses parents n'avaient jamais maltraité Josie, mais il remerciait Dieu chaque jour parce qu'elle avait échappé à leur colère. Même si Josie ne s'en était pas sortie indemne. Elle se sentait coupable d'avoir vécu une vie plus facile qu'eux. Au moins, elle s'était retrouvée avec un jeune homme gentil et généreux qui l'avait arrachée à ses parents à l'âge de treize ans et qui était finalement devenu un mari attentionné. Elle l'avait perdu trop rapidement à cause d'un problème de santé non diagnostiqué, ce qui était déchirant, mais au moins, maintenant, elle était heureuse et en sécurité, une fois de plus, et mariée à un homme bien.

— Exact, lança Penny avec un soupçon de défi et elle déposa un baiser au centre de sa poitrine.

— *À jamais.*

Elle était toujours en train de le défier, et il aimait vraiment cela chez elle. Mais elle ne lui avait jamais posé de questions sur son choix de ne pas avoir d'enfants. Elle faisait comme si ce n'était pas grave de ne pas avoir de bague au doigt ou de ne pas faire de projets pour fonder une famille, mais il la connaissait parfaitement. Il l'avait vue avec sa nièce, Tallulah, et ses autres nièces et neveux, pour lesquels ils faisaient souvent du baby-sitting, et cela suscitait toujours en lui des émotions contradictoires. Elle était naturellement douée avec les enfants et un jour, elle serait une mère formidable. C'est pourquoi le fait de l'embrasser *tout le temps* qu'ils étaient sur la grande roue pour gagner autant d'éternité qu'il le pouvait faisait probablement de lui un connard.

Mais il y avait des péchés bien plus graves que d'aimer quelqu'un trop intensément.

LA VILLE D'Echo Beach était encore plus charmante que dans les souvenirs de Scott, avec ses boutiques de briques peintes, ses réverbères à l'ancienne et ses jardinières débordant de magnifiques fleurs. Les noms des rues – Peony[1] Way, Daffodil Drive, Black-Eyed Susan Lane – suivaient le même thème floral que le jardin et le parc qui se trouvaient à chaque extrémité de la rue principale, Bluebell Gardens et Primrose Park.

En flânant dans les boutiques, ils achetèrent un joli hochet en forme de sirène pour Tallulah et des cadeaux pour chacun des neveux et nièces de Scott. Ils prirent un sifflet pour Hail, une moto pour Bradley qui, à cinq ans, voulait des répliques de tout ce que son père avait, un xylophone pour Lila, qui était âgée de deux ans et demi et un chaton en peluche pour Maggie Rose qui avait quinze mois.

Ils passèrent des heures à faire le tour des magasins, et alors qu'ils sortaient d'une boutique éclectique où l'on trouvait de tout, des vêtements aux bibelots, Scott aperçut un petit panneau ovale avec des lettres vertes où l'on pouvait lire LA VIE EST

---

[1] Peony désigne des pivoines, Daffodil des jonquilles et Black-Eyes Susan de la Rudbeckie hérissée

MEILLEURE AVEC DES BONBONS, bordé de minuscules cônes de glace dont la crème glacée dégoulinait sur les côtés.

— Attend, des bonbons.

Il prit le panneau.

— Il nous le faut.

Elle rit.

Il passa son bras autour d'elle, la tirant contre lui, et feignit un ton sérieux.

— Est-ce que tu viens de rire de mon choix d'enseigne ?

— Oui, mais uniquement parce que je l'aime énormément.

Pas autant que je t'aime. Il regrettait de devoir retenir cette déclaration, mais ce ne serait pas juste de lui donner de faux espoirs. Au lieu de cela, il l'embrassa, déversant la passion qu'il ressentait dans leur connexion.

Ils achetèrent le panneau et se dirigèrent ensuite vers le restaurant *Blue Fin* où Scott avait fait une réservation surprise. Il avait prévu une autre surprise pour Penny. Il la connaissait suffisamment pour savoir que s'il lui avait dit ce que c'était à l'avance, elle aurait été nerveuse toute la journée. Il voulait qu'elle profite pleinement du festival.

— Ça me semble parfait, s'exclama-t-il quand ils arrivèrent au restaurant.

— J'ai entendu un couple parler de cet endroit au festival. Je pense qu'on doit d'abord réserver.

— Est-ce que je ne prends pas toujours soin de toi ?

Il avait fait des recherches sur les restaurants de la région pour en trouver un qui offrait une nourriture et un service excellent, mais qui acceptait les tenues décontractées. Le *Blue Fin* était considéré comme le meilleur restaurant de ce genre. Il ouvrit la porte et lui fit signe d'entrer.

— Après toi, ma Sexy Girl.

Il lui prit la main et ils suivirent une hôtesse dans le restaurant jusqu'au patio arrière avec une belle vue sur le plan d'eau.

— Je n'arrive pas à croire que tu aies eu des billets pour le festival *et* que tu aies réservé ici. Tu as pensé à tout, murmura Penny.

— Parce que tu comptes à mes yeux, chuchota-t-il à son tour.

Il aperçut son invitée surprise, Alyssa Braden, une grande brune avec des fossettes et directrice du festival des desserts sucrés et salés, qui lui faisait signe depuis sa table, à l'autre bout du patio.

— Ancienne petite amie ? le taquina Penny.

— Pas vraiment, répondit-il en riant.

Elle savait que ce n'était pas le cas. Il lui avait expliqué au début de leur relation qu'après avoir quitté sa ville natale en Floride, il avait réduit ses relations personnelles au strict minimum pour éviter d'avoir à répondre à trop de questions sur son passé et pour lui permettre d'utiliser son temps libre pour rechercher ses sœurs. Lorsque Sarah et lui avaient repris contact après plus de dix ans de séparation et qu'ils avaient déménagé à Harbor, ils étaient rentrés d'un dîner de gala et avaient eu un horrible accident de voiture. Bullet Whiskey avait été le seul à pouvoir les sortir de l'épave et c'est ainsi qu'ils l'avaient rencontré, sa famille et lui. Sarah était enceinte à l'époque, et elle s'en était sortie avec de simples égratignures et quelques bleus, mais heureusement, aucune blessure grave. Lila avait souffert d'une légère blessure à la tête, ainsi que de coupures et de contusions. Par chance, Bradley s'en était sorti avec seulement quelques égratignures. Scott avait été le plus touché, avec une jambe cassée, son autre fémur brisé et un pneumothorax. Pendant son séjour à l'hôpital, il avait développé une embolie et avait été placé en soins intensifs. Sa convalescence avait été longue et il s'était retrouvé avec une plaque et des broches permanentes dans une jambe, et en avait gardé un léger boitement. Il s'était concentré sur sa convalescence, la rééducation et la prise en charge de Sarah et de ses enfants, qui vivaient avec lui, lorsqu'il avait rencontré Penny. Il croyait également que Quincy était intéressé par elle et avait respectueusement gardé ses distances. Peu après que Sarah et les enfants aient emménagé chez Bones, il avait repris contact avec Josie. Elle avait emménagé chez lui avec Hail et il s'était occupé d'eux aussi.

Penny avait toujours été dans ses pensées et ses désirs. Bien qu'il ait couché avec quelques femmes, il *pensait* qu'avoir une petite amie ne faisait même pas partie de ses projets. Mais à présent, il savait que ce n'était pas tout à fait vrai. Penny et lui étaient souvent ensemble pendant cette période, car ils traînaient avec le même groupe d'amis, et au cours de ces derniers mois, ses sentiments pour elle s'étaient approfondis, allant jusqu'à effacer l'envie de *regarder* une autre femme.

— Scotty, pourquoi nous emmène-t-elle à la table de cette femme ? chuchota Penny.

— Parce que nous dînons avec elle.

Ses yeux s'écarquillèrent.

— *Quoi* ? Pourquoi ?

Il lui fit un clin d'œil au moment où l'hôtesse s'arrêta.

— Installez-vous. Votre serveur sera là dans un instant.

— Merci, dit Scott alors qu'Alyssa se levait.

Avant qu'il ne puisse prononcer un autre mot, Alyssa lança :

— C'est un plaisir de vous revoir, M. Beckley.

Elle tendit la main à Penny.

— Vous devez être Penny. Je suis Alyssa Braden, la directrice du Festival des desserts sucrés et salés. Votre petit ami a persévéré et a eu l'intelligence de chanter vos louanges pendant des semaines.

— Alyssa… lança Penny avec incompréhension en lui serrant la main.

— Oui, Alyssa Braden, répéta-t-elle.

— Je sais qui vous êtes. Je suis désolée. Je suis juste sous le choc, dit Penny, affichant son sourire assassin. C'est un plaisir de vous rencontrer. Vos parents ont fondé le festival.

— C'est exact, il y a seize ans. Vous avez bien fait vos recherches, répondit Alyssa.

— Cela fait des années que je veux participer au festival. Mais je ne comprends pas ce qui se passe.

Penny jeta un regard curieux à Scott.

— Scott vous a *contactée* ?

— Oui, je l'ai fait. Pourquoi ne pas nous asseoir et je vais t'expliquer, affirma-t-il en tirant sa chaise et en s'asseyant. Certaines entreprises ont l'air bien sur le papier. Mais tu es *à l'image* de ton entreprise, Pen, et Alyssa a eu la gentillesse de nous accorder une heure pour qu'elle puisse se faire sa propre opinion sur la participation de *Luscious Licks* au festival.

Les joues de Penny rosirent.

— *Scotty* ! murmura-t-elle.

Alyssa ricana.

— Ne soyez pas gênée. Vous avez un homme bien à vos côtés.

— Oui, en effet, dit-elle, en prenant sa main sous la table et en la serrant fort.

— Scott ne s'est pas contenté de me contacter, Penny. Il a appelé mon bureau tous les jours pendant deux semaines et a envoyé des mails quotidiens pour faire votre éloge, avec des descriptions de vos sundaes spéciaux et des autres articles uniques que vous créez. Il a également envoyé un grand nombre de recommandations et de témoignages d'autres propriétaires d'entreprises et résidents de Peaceful Harbor. Et comme je n'ai pas répondu immédiatement, il les a tous imprimés et envoyés par la poste à mon bureau.

— *Oh Mon Dieu !* Je suis désolée, dit Penny, en jetant à Scott un regard incrédule.

— Ne le soyez pas. Ce n'est pas souvent que quelqu'un croit aussi fortement non seulement en l'expertise de quelqu'un d'autre, mais aussi en la personnalité de cette personne. J'ai hâte d'apprendre à vous connaître pour voir si la femme derrière l'entreprise est à la hauteur de tout le battage médiatique.

Penny prit une grande inspiration, son regard incrédule se transformant en regard reconnaissant, elle se redressa et leva le menton.

— Je vous assure que oui.

Voilà c'était la Penny qu'il connaissait et aimait.

Penny se lança dans une explication détaillée de la façon dont elle avait appris à faire de la crème glacée lorsqu'elle était enfant et en avait fait pour tous ses amis et camarades de classe.

— Quand j'avais dix ans, mes parents ont payé mon tout premier stand lors d'une fête locale pour que je puisse vendre mes glaces. C'est l'année où j'ai commencé à faire des parfums spéciaux et des sundaes en fonction de l'humeur des gens…

Penny avait raconté ces histoires à Scott et il était toujours aussi captivé par elle qu'Alyssa semblait l'être. Tout au long du dîner, Penny raconta comment *Luscious Licks* avait vu le jour après le décès de son père, il y avait presque quatre ans de cela, et comment sa mère les avait autorisées, Finlay et elle, à utiliser l'argent de l'assurance-vie pour ouvrir leurs entreprises.

Beaucoup plus tard, alors qu'ils quittaient le restaurant, Alyssa déclara :

— Je suis impressionnée par votre approche personnalisée et votre passion pour votre entreprise, et je suis ravie que Scott ait persévéré. Penny, vous êtes *exactement* le type de personne que nous voulons voir à notre festival. Vous pouvez vous attendre à être invitée à participer au festival l'année prochaine.

Penny sursauta, et sa main vola sur son cœur.

— *C'est vrai* ? Oh mon Dieu, merci ! Merci beaucoup !

Elle adressa ce sourire ravi à Scott et il souhaita pouvoir la prendre dans ses bras, la faire tourner et dire au monde entier combien il était fier d'elle.

— Félicitations, ma chérie.

— Je suis curieuse à propos de quelque chose, lança Alyssa avec une expression sérieuse. Scott m'a contactée après avoir parlé avec Ace et Maisy, mes parents qui possèdent la microbrasserie de M. B. à Peaceful Harbor. J'ai passé quelques appels, et je crois savoir que vous connaissez plusieurs de mes cousins de Peaceful Harbor mais aussi de Pleasant Hill, dans le Maryland. Jillian a dit que vous lui aviez préparé de merveilleux sundaes après ses échecs amoureux et Tempest a ajouté qu'elle amenait son petit garçon, Philip, pour vous voir tout le temps, et que vous lui faisiez des sundaes sur place. Puisqu'il est clair que vous vous êtes renseignée sur le festival, Penny, je suis sûre que vous vous êtes rendu compte que j'étais en relation avec vos amis. Pourquoi ne pas avoir utilisé ces contacts pour se rapprocher de moi ?

— Parce que je ne pensais pas que c'était juste, déclara Penny avec sérieux. Je voulais être admise sur la base du mérite.

— Je peux vous assurer que personne n'est accepté dans notre festival autrement qu'au mérite. Mais utilisez vos relations,

Penny. Dans le monde trépidant dans lequel nous vivons, il est difficile de se distinguer parmi les autres. Plus on a d'amis et de collègues, mieux c'est.

Alyssa reporta son attention sur Scott.

— Vous aviez raison, Scott. Les faits sur papier ne rendent pas justice à Penny. Merci de me l'avoir présentée.

Ils se parlèrent encore quelques minutes, puis se dirent au revoir. Après qu'Alyssa soit partie, Penny poussa un cri et sauta dans les bras de Scott.

— Je t'… J'aime que tu aies fait ça pour moi ! Merci ! s'exclama-t-elle.

Sa poitrine se resserra alors qu'il la faisait tourner sur elle-même. Elle avait souvent trébuché sur ces trois mots spéciaux ces derniers temps. En pressant ses lèvres contre les siennes, il savait qu'il avait été idiot de penser qu'un baiser sur une grande roue pourrait retenir à jamais à ses côtés cette femme extraordinaire qui avait tant d'amour à donner qu'elle en débordait.

CHAPITRE TROIS

— SAIS-TU que c'est l'un de mes parfums magiques ?

C'est ce que Penny affirma à un petit garçon mercredi matin en lui tendant une boule de sorbet arc-en-ciel dans l'un des cornets en pain d'épice trempés dans le chocolat que Josie fabriquait chaque semaine pour la boutique. Penny aimait donner aux enfants un petit quelque chose en plus, et après avoir vérifié avec la mère du garçon, elle avait mis des morceaux de chocolat et des paillettes d'or au fond de son cornet.

Il secoua la tête et lécha son sorbet.

Penny se mit devant lui.

— Quand tu arrives au fond de ton cornet, si tu trouves du chocolat ou de l'or, cela signifie que tu vas avoir de la chance pendant *tout* un mois. Si tu trouves les deux, tu auras de la chance pour *toujours*.

Ses yeux s'écarquillèrent.

— J'espère que je les trouverai !

— Moi aussi, je l'espère, dit Penny, en partageant un sourire de connivence avec la mère du petit garçon.

Finlay s'était arrêtée pour montrer à Penny la robe rose à froufrous qu'elle avait achetée pour sa fille de quatre mois, Tallulah, et qu'elle porterait au mariage de Bones et Sarah.

Penny encaissa l'achat de la cliente et, en rendant la monnaie à la mère du garçon, elle lui souhaita un bon après-midi. Après leur départ, elle nettoya le comptoir, regardant Finlay se pencher dans la poussette, parlant doucement à Tallulah.

— Merci encore pour le hochet, Pen. Lulu l'adore.

Finlay secoua le hochet en forme de sirène que Penny et Scott avaient acheté pour le bébé à Echo Beach.

Habituellement, être à la boutique ou passer du temps avec sa sœur égayait l'humeur de Penny. Mais cela faisait trois jours que Scott et elle avaient dîné avec Quincy et Roni et la jeune femme n'avait pas pu se débarrasser du monstre aux yeux verts qui était perché sur son épaule depuis. Elle *détestait* être jalouse alors que Scott était un petit ami génial. Mais s'il ne pouvait même pas lui dire qu'il l'aimait, alors où est-ce que cela les mènerait ?

— Je suis contente.

Penny posa son chiffon et essaya de chasser cela de ses pensées en allant les rejoindre à table, se concentrant plutôt sur le fait que son week-end avait été fantastique. Elle s'était extasiée devant Finlay quand elle lui avait raconté ce que Scott avait fait pour elle, tout comme elle l'avait fait devant Quincy et Roni le dimanche. Ils étaient tous aussi ravis que Penny.

— Je n'arrive toujours pas à croire que Scott ait contacté Alyssa. C'est un gars tellement réservé. Il n'aime même pas demander de l'aide, encore moins demander des faveurs.

— Mais il t'aime, Pen, et l'amour fait faire des choses folles, comme nous le savons grâce au fait que mon mari a dit à Kennedy qu'elle pouvait utiliser le prénom Lulu. Non pas que cela me dérange. J'adore son nom.

Finlay était marié à Bullet Whiskey.

— Bullet laisse également Kennedy mettre des nœuds dans ses cheveux, expliqua Penny en riant. Cette petite fille dégourdie était la petite sœur de Quincy, était âgée de cinq ans et était devenue sa nièce.

Cette dernière et son frère de trois ans, Lincoln, étaient les frère et sœur beaucoup plus jeunes de Quincy. Leur mère était une toxicomane. Elle avait fait une overdose, il y avait quelques années de cela, et leur frère aîné, Truman, ainsi que sa femme Gemma, les élevaient comme leurs propres enfants.

— Tu te souviens d'Halloween, il y a deux ans ? Tous les gars portaient des costumes de pom-pom girls parce que Kennedy le leur avait demandé pour qu'elle puisse être un joueur de football. Toutes ces jambes poilues !

Finlay rit si fort que Tallulah sursauta et gémit.

— Je suis désolée, mon bébé. Viens voir maman.

— Laisse-moi la tenir, dit Penny.

Elle poussa Finlay hors du chemin et souleva Tallulah dans ses bras. Elle était belle avec l'épaisse chevelure foncée de Bullet et les yeux bleus de Finlay.

Penny caressa la joue du bébé, inhalant son doux parfum poudré alors qu'elle prenait place en face de Finlay.

— Samedi a été le jour *le plus* romantique de toute ma vie et pas seulement parce que Scott s'est donné beaucoup de mal pour me mettre en relation avec Alyssa Braden. Tout était merveilleux.

Finlay se pencha sur la table, ses cheveux blonds encadrant son joli visage.

— Tu dis ça tous les week-ends.

— Je sais, mais c'est vrai. J'*adore* être avec Scott. Peu importe que nous soyons sur le bateau en train de préparer le dîner, ou simplement assis ensemble à ne rien faire d'autre que se tenir la main.

Elle chatouilla le ventre de Tallulah, illuminant ses jolis yeux bleus.

— J'aime sa voix et la façon dont il rit.

Elle agita le pied du bébé, ce qui lui valut un doux sourire.

— J'aime qu'il prenne du temps pour ses neveux et nièces, comme je le fais pour toi, Lulu. Aujourd'hui, il emmène Lila à la librairie pour l'heure du conte et je sais qu'il va veiller sur elle comme une maman ours. C'est une autre chose que j'aime chez lui. Il est protecteur envers les enfants, envers ses sœurs et envers moi, ce qui n'est rien comparé à la façon dont ton mari est protecteur envers notre petite Lulu, mais quand même.

Le mari de Finlay, Bullet, était un biker endurci et un ancien des forces spéciales. C'était aussi le père le plus protecteur qu'elle ait jamais rencontré. Il pourrait porter ce bébé 24 heures sur 24 et 7 jours sur 7 s'il ne devait pas aller travailler.

— La pauvre Lu n'aura jamais le droit de sortir avec quelqu'un. Red et moi préparons déjà une opération d'intervention pour quand elle sera adolescente.

Red Whiskey était la belle-mère de Finlay.

— Bonne chance pour enlever la ceinture de chasteté. Bullet va probablement demander à Scotty de la souder. Pas vrai, Lulu ?

Elle remua de nouveau le pied du bébé.

— Papa *ne* va *pas* te laisser t'amuser.

Finlay rit et mangea sa glace.

— Comment était le dîner avec Quincy et Roni ?, ajouta-t-elle quelques minutes plus tard.

— Amusant, comme toujours. On a fait des grillades et on s'est assis autour du feu pour parler. Ils se soutiennent tellement l'un l'autre. Tu aurais dû entendre Quincy s'extasier sur la qualité du prochain show de Roni.

Cette dernière enseignait la danse dans un studio en ville et elle venait de créer sa propre compagnie de danse contemporaine en solo. Sa première production aurait lieu, plus tard, pendant l'été.

— Je suis tellement heureuse pour eux. Ou tellement jalouse.

Finlay fronça les sourcils.

— Jalouse ? De quoi ?

— De leurs projets de vie sur cinq ans.

— *Oh*, dit Finlay avec empathie. Je suppose que ça veut dire que Scott et toi n'êtes pas près de vous dire *je t'aime* ou d'emménager ensemble ?

— Tu ne crois pas que je t'aurais appelée pour te le dire si c'était le cas ?

La porte de la boutique s'ouvrit et comme si ses oreilles sifflaient, Scott entra avec Lila dans ses bras. Le pouls de Penny s'accéléra comme à chaque fois qu'elle le voyait. Elle se leva avec Tallulah dans les bras.

— Bonjour, je ne pensais pas vous voir avant l'heure du conte.

— Je ne pouvais pas venir en ville et ne pas m'arrêter pour prendre un peu de sucre.

Scott se pencha pour l'embrasser.

— Mon parfum préféré.

— Vous êtes trop mignons, dit Finlay.

Scott fit un clin d'œil à Penny, faisant naître des papillons dans son ventre.

— Elle nous rend mignons.

— *Lulu* ! Lila tendit la main vers Tallulah, ses petites lèvres se plissèrent.

Penny se rapprocha pour que la petite fille puisse embrasser sa cousine.

— Moi aussi, je veux *t*'embrasser !

— Tu sais que je veux des baisers super spéciaux de Lila ! dit Penny alors que cette dernière l'embrassait.

— De la glace ? demanda Lila.

— Tu parles, Li.

Scott posa Lila et prit Tallulah à Penny, lui volant un autre baiser au passage. Il câlina le bébé.

— Comment va notre jolie demoiselle ? lança-t-il en s'asseyant à la table avec Finlay.

Penny prit la main de Lila.

— Allons choisir un parfum.

Avant que mes ovaires n'explosent.

En aidant Lila à choisir un parfum, elle entendit Finlay s'exclamer :

— J'ai entendu dire que tu avais atteint le statut de petit ami de l'année, le week-end dernier.

Scott ricana.

— Tout ce que j'ai fait, c'est créer une rencontre. Penny a fait le reste.

Il la regarda pendant qu'elle se servait de la glace.

— Je savais que personne ne pourrait résister à ses charmes.

Comment aurait-elle pu être jalouse de la relation de quelqu'un d'autre alors qu'elle avait l'homme parfait ?

Penny dut se le demander une dizaine de fois alors qu'ils discutaient avec Finlay et que Lila mangeait sa glace. Scott essuya les éclaboussures de Lila et la fit rire, tout en réservant quelques baisers et regards sexy à Penny.

Quand ils se levèrent pour partir, Penny les accompagna jusqu'à la porte.

— Tu veux faire une promenade sur la plage ce soir ? proposa Scott.

— Oui. Ça me semble parfait.

Scott colla ses lèvres aux siennes, en tenant la main de Lila, et celle-ci mima des bruits de baiser à Penny.

Penny se mit à genoux pour l'embrasser.

— Amuse-toi bien à l'heure du conte.

Lila hocha la tête.

— Vais voir Onc' Kinsy.

— C'est vrai, ma puce. On va voir Oncle Quincy.

Scott ébouriffa les cheveux de Lila, puis posa un regard affectueux sur Penny.

— On se retrouve ici après le travail pour notre promenade ?

— Cela me paraît bien.

Penny ferma la porte à clé derrière eux et accrocha le panneau *DES ELFES FABRIQUENT LES GLACES. Retour dans 30 minutes* et se dirigea vers le comptoir.

— Tu fermes ? demanda Finlay en commençant à allaiter Tallulah.

Penny versa plusieurs types de crème glacée dans un énorme récipient ;

— Je crée un sundae *Je suis une grosse nulle.*

Elle ajouta des M&M's, des flocons de chocolat, des granolas, des oursons en gélatine, des fraises, les recouvrit de crème fouettée et s'installa à la table avec Finlay.

— Tu as vu comme il était génial avec Lu et Lila ? À quel point il m'adore ?

Elle poussa un gros soupir.

— Je me déteste tellement en ce moment.

— Pourquoi ?

Penny fourra la crème glacée dans sa bouche.

— Il y a tellement de raisons.

— Et si tu commençais par une ou deux ?

— Pour commencer, on est ensemble depuis sept mois, ce qui semble long parce qu'on est très impliqués. Mais *cela ne fait que* sept mois, Fin, pas des années, et il a traversé tellement d'épreuves. Je ne veux pas lui mettre la pression et je déteste comparer notre relation à celle des autres. Mais c'est difficile de ne pas le faire quand tous nos amis finissent par vivre ensemble, se fiancer ou se marier en un rien de temps. Bullet t'a demandée en mariage après un petit mois…

— Trente-cinq jours, dit Finlay.

— Sérieusement ? Comme si ces cinq jours faisaient une différence ? Jace a demandé Dixie en mariage après quoi ? Deux semaines ? Même Quincy et Roni ont emménagé ensemble rapidement. L'amour peut arriver vite et c'était le cas pour nous aussi. Mais en général, les gens tombent tellement amoureux qu'ils veulent passer *plus de* temps ensemble.

— Scott et toi êtes ensemble dès que vous ne travaillez pas, fit remarquer Finlay.

— Je le sais bien. Je ne demande pas plus. J'ai juste…

Son estomac se retourna. Elle repoussa son sundae.

— Je ne peux pas manger ça. Chaque fois que je pense à notre avenir, j'ai l'impression que je vais vomir.

— Tu sais ce qui occasionne cela également ? demanda Finlay avec une pointe d'humour dans les yeux. La grossesse.

— *Pitié.* Tu veux juste quelqu'un d'autre pour partager tes nuits blanches. Je suis sous contraception, tu te souviens ?

— Maman est tombée enceinte deux fois sous contraception, lui rappela Finlay. Tu t'es sentie malade la semaine dernière quand on a déjeuné.

— On en parlait aussi à ce moment-là.

— C'est vrai, mais vous faites *tout le temps* l'amour tous les deux.

— Tu veux bien *arrêter* ? rigola Penny.

— Oh Mon Dieu, Penny. Tu t'es sentie mal, il y a quelques semaines quand on a tous dîné au bar *Le Whiskey's*. Tu te souviens ? Scott et toi êtes partis tôt. Depuis combien de temps te sens-tu mal ?

En réfléchissant à ces dernières semaines, Penny se rendit compte qu'elle *avait eu* des nausées à plusieurs reprises.

— Maintenant, tu m'inquiètes.

— Je peux me tromper. Fais un test de grossesse. Tu sauras en cinq minutes si tu es enceinte ou juste stressée.

— Mon Dieu, il ne manquait plus que ça. Je ne peux même pas penser à cette possibilité. Je me demande sans cesse si Scott et moi pourrions continuer à vivre comme ça pour toujours.

— Vivre ensemble sans véritablement vivre ensemble ?

— Oui. J'ai l'impression qu'on pourrait le faire la plupart du temps. Je jure que je tombe plus profondément amoureuse de lui chaque jour, à chaque contact, chaque baiser et chaque conversation. Même les plus difficiles. Quand il est venu ici, j'ai eu des frissons. Mais si on continue comme ça, est-ce que je jetterai un regard en arrière sur ma vie en regrettant qu'on n'ait pas eu d'enfants ? Penses-tu que notre amour soit suffisamment fort pour remplir ces manques ?

Finlay passa sa main sur la tête de Tallulah.

— Tu ne devrais pas poser cette question à une nouvelle maman, parce que cette petite fille est tout pour nous.

— Je sais. Je le comprends. Je l'aime tellement que je sou-haiterais ne pas *vouloir* d'enfants. Je n'avais jamais pensé sérieusement à fonder une famille avant que Scott et moi ne soyons ensemble. Tu l'as vu avec les enfants. Il est aussi naturel avec eux que nous.

— Il est incroyable avec les enfants, Pen. Mais ça ne veut pas dire qu'il devrait avoir ses propres enfants, s'il n'en veut pas vraiment.

— Je sais bien. Je pense qu'au fond de lui il *veut* des enfants, mais il a peur. Et les gens changent d'avis tout le temps. Regarde Tru. Il sortait tout juste de prison. Il ne cherchait pas une femme et deux enfants.

Elle soupira, ayant l'impression de se raccrocher à n'importe quoi.

— Tu crois que j'en demande trop ? Je n'ai pas besoin d'un projet sur cinq ans. Je veux juste un soupçon d'espoir qu'un jour, Scott en veuille plus avec moi. Je me fiche même que notre plan prenne dix ans, tant que je sais qu'il a envie d'y arriver plus tard et qu'il est prêt à travailler avec moi pour que ça marche.

— Je ne pense pas que tu espères trop, mais lui as-tu parlé de tout cela ? demanda Finlay.

— Nous avons parlé de ce que nous désirons plein de fois. Il sait que je veux des enfants et je sais qu'il n'en veut pas. Je me sens *coupable* de ressentir cela. Ce n'est pas juste de ma part de demander plus alors que je savais dans quoi je m'engageais au début de notre relation.

— Oui, mais tu ne comptais pas tomber amoureuse, et tu as probablement pensé que si vous tombiez tous les deux amoureux, il changerait d'avis. C'est tout à fait naturel, Penny. Je n'ai jamais cru que Bullet voudrait être monogame et encore moins marié avec un bébé.

— J'en ai bien conscience. Je ne veux pas que *Scott* change. J'aime qui il est. Je veux juste qu'on ait un avenir ensemble. Je veux vivre au même endroit et savoir qu'un jour, nous pourrons avoir notre propre Lulu.

En prononçant ces mots, elle comprit son erreur et son

estomac se serra.

— Oh Mon Dieu, Fin. Essayer de changer l'esprit de Scott sur ce qu'il veut, c'est essayer de le changer. Je suis devenue l'une de ces filles horribles qui pensent que c'est bien d'essayer de changer son petit ami, et je ne m'en étais même pas rendue compte.

PENNY PASSA les deux jours suivants dans un état de confusion, luttant contre la culpabilité de vouloir plus qu'un avenir avec Scott *et* embourbée dans l'inquiétude des remarques de Finlay sur la grossesse, ce qui la rendait encore plus nauséeuse. Les journées avaient beau être difficiles, quand le soir tombait et qu'elle était dans les bras aimants de Scott, tous ses soucis concernant l'avenir disparaissaient parce que leur présent était si merveilleux. Ils riaient, s'aimaient et étaient si bien ensemble qu'elle s'efforçait de refouler ces autres pensées. Mais le matin venu, ses soucis reprenaient le dessus, elle se sentait malade et aux nausées, s'ajoutaient les remarques de Finlay.

Le vendredi après-midi, elle ne tenait plus. Ils allaient au dîner de répétition dans les heures qui venaient, mais comment aurait-elle pu penser à quoi que ce soit dans le futur si elle ne savait pas où elle en était dans le présent. Elle ferma le magasin une demi-heure plus tôt et acheta un fichu test de grossesse. Elle n'arrivait pas à comprendre pourquoi la boîte contenait trois tests. C'était exagéré. Deux ne suffiraient-ils pas ? Les gens avaient-ils vraiment besoin de faire autant de tests pour être sûrs ?

Elle était à présent assise sur le rebord de la baignoire dans son appartement au-dessus du magasin de glace, regardant les secondes défiler sur son téléphone. Ses mains étaient moites, ses nerfs étaient à vif et ses pensées tournaient en rond. Après une minute, elle était trop anxieuse pour rester assise. Elle se leva et prit le test sur le comptoir, fixant la petite fenêtre tout en faisant les cent pas.

Une ligne rose apparut.

Pas enceinte.

Le soulagement envahit la jeune femme, qui releva le visage et ferma les yeux, expirant un souffle qu'elle ignorait avoir retenu. Elle mit sa main sur sa poitrine, essayant de se calmer et regarda à nouveau le test.

Une deuxième ligne, plus ténue, apparut.

Penny plissa les yeux, regarda de plus près et saisit la boîte, parcourant les instructions. *Deux lignes. Enceinte.*

Oh mon Dieu !

Elle n'en revenait pas. Il n'y avait aucune chance que le test soit correct. Elle ouvrit un autre test et le refit. Quand celui-là s'avéra positif, elle ouvrit le troisième. Soudain, trois ne lui paraissaient pas suffisants. Son cœur bondit dans sa poitrine.

Positif.

Je suis enceinte ? Bon sang, je suis enceinte.

Elle s'affala sur le rebord de la baignoire alors que des sensations inhabituelles l'envahissaient. Sa peau devint chaude, puis froide, provoquant des halètements et la chair de poule et un rire incrédule lui échappa. Sa main recouvrit son cœur alors qu'un "Je suis enceinte" plus heureux et surpris sortit dans un murmure. Elle plaça sa main sur son ventre, un calme inattendu l'enveloppant.

— Je vais avoir un bébé.

Nous allons avoir un bébé.

Elle se figea lorsque cette idée lui effleura l'esprit et ses mains se mirent à trembler. Sa gorge se serra et elle eut du mal à respirer. Si Scott ne pouvait même pas lui dire qu'il l'aimait, alors quel espoir avait-elle qu'il veuille de ce bébé ?

Elle resta longtemps figée sur place, *engourdie*, voulant être heureuse mais se sentant dévastée. Elle devait le dire à Scott, mais elle ne pouvait pas le faire ce soir. Pas avant le dîner de répétition et certainement pas demain avant le mariage. Ce serait trop stressant pour tous les deux et ce n'était pas juste, ni pour lui, ni pour Sarah. Cela allait la tuer d'attendre, mais elle devait le faire. Elle lui dirait demain soir, après le mariage.

Cette décision rendit la grossesse encore plus réelle. Elle ravala sa salive alors que des pensées contradictoires se bousculaient dans son esprit. *Peut-être qu'il acceptera cette situation. Et si ce n'était pas le cas ? Bien sûr qu'il ne sera pas ravi. Il a peur d'avoir des enfants.*

Oh, mon Dieu !

Je pourrais perdre Scott.

Notre bébé pourrait perdre son père.

Elle ferma les yeux pour empêcher les larmes de couler alors qu'une pensée ridicule lui traversa l'esprit. *Si seulement Finlay ne m'avait pas mis cette idée en tête, je n'aurais pas fait le test.* La vague de culpabilité qui suivit lui donna à nouveau la nausée.

— Je ne le pensais pas.

Elle frotta son ventre, des larmes coulant sur ses joues.

— Je te veux, mon bébé. J'espère juste que ton papa le veut aussi.

CHAPITRE QUATRE

PENNY QUITTA les bras de Scott le samedi matin, en prenant soin de ne pas le réveiller quand elle sortit du lit. Ils avaient passé un bon moment au dîner de répétition en faisant la fête avec leurs amis. Sarah et Bones étaient si heureux et si amoureux, que cela donnait à Penny l'espoir que peut-être, Scott réaliserait que le fait d'être témoin de leur amour, de se marier et de fonder une famille n'était pas si mal après tout.

Elle enfila l'un de ses T-shirts en allant à la salle de bains, passant devant son smoking accroché à la porte de l'armoire. Elle savait que lorsqu'elle le verrait conduire Sarah à l'autel, elle aurait encore plus de fantasmes sur le fait de marcher un jour vers lui, comme elle l'avait fait au mariage de Josie. Mais maintenant, dans ces rêves les plus fous, elle imaginait Scott tenant leur bébé dans ses bras, rayonnant de fierté.

Elle se raccrocha à cet espoir de toutes ses forces, car un tout autre serait trop triste pour y penser.

En se rendant à la salle de bains et en y brossant ses dents, elle songea au nombre de fois où elle avait failli dire à Scott qu'elle était enceinte la nuit d'avant. Elle ne savait même pas comment elle allait le lui annoncer après le mariage, sachant que ce n'était pas juste de lui demander de changer, et qu'elle ne pouvait pas imaginer un avenir sans lui. Mais elle était sûre d'une chose. Leur bébé était le fruit de leur amour et elle le désirait autant qu'elle le désirait, lui.

Elle se dirigea vers la cuisine, se rappelant qu'elle ne devait pas penser à tout cela avant le mariage. Elle était déterminée à rendre cette journée très spéciale pour Scott, pour deux raisons. D'abord, parce qu'elle savait qu'il était nerveux à l'idée de conduire Sarah à l'autel. Lorsque Josie et Jed s'étaient mariés en février, la journée avait été riche en émotions pour lui. La deuxième raison était pour Penny autant que pour Scott, parce que s'il mettait fin à leur relation lorsqu'il découvrirait qu'elle était enceinte, ils auraient au moins eu ces dernières heures, espérons-le magiques, ensemble.

Elle refoula ses pensées de grossesse pendant qu'elle préparait des crêpes myrtilles-banane et les images des yeux larmoyants de Scott lorsqu'il avait conduit Josie à l'autel lui traversèrent l'esprit. Il aimait si profondément ses sœurs qu'il lui avait avoué avoir l'impression de les avoir laissées tomber lorsqu'il avait été mis à la porte de la maison de leurs parents et qu'il n'avait pas pu les emmener avec lui. Voir se réaliser toutes les bonnes choses qu'il avait espérées pour Josie un jour, l'avait bouleversé. Penny savait que cela pourrait être encore plus difficile pour lui avec Sarah, puisque cette dernière avait souffert des mains de leurs parents, tout comme lui. C'est pourquoi, elle préparait le petit-déjeuner que Scott adorait.

Alors que tout le monde s'inquiétait de rendre cette journée parfaite pour Sarah et Bones, Penny la rendait parfaite pour Scott.

Elle déposa les pancakes dans des assiettes, versa deux tasses de café et mit le tout sur un plateau. En le portant dans le couloir, elle se rendit compte que Scott avait souvent parlé de ses espoirs pour le bonheur de ses sœurs, mais qu'il en parlait rarement pour lui-même.

Il dormait encore profondément, si différent du dormeur agité qu'il était, il y avait quelques mois de cela. Elle posa le plateau sur la table de nuit et prit un moment pour admirer l'homme incroyablement aimant et loyal qui dormait sur le dos, un bras toujours tendu de son côté du lit, les couvertures serrées autour de sa taille. Une jambe dépassait de la couverture, les cicatrices de son accident creusant des chemins dans les poils de ses jambes. Elle grimpa sur le bord du lit et embrassa ces cicatrices. Puis, elle remonta le long de son torse, projetant ses propres espoirs et priant le ciel qu'il ne se sous-estime pas et qu'un jour, il se rende compte qu'il serait un père et un mari incroyable et aimant. Et elle lança alors une dernière prière. *S'il ne veut vraiment pas de ces choses-là, alors aidez-moi à surmonter le chagrin de le perdre pour que je puisse élever notre bébé avec tout l'amour qu'il mérite.*

— *Hmm.* Bonjour, mon cœur, dit-il d'une voix groggy et sexy.

Il se pencha, les yeux fermés, ses doigts passant dans ses cheveux tandis qu'elle embrassait le sommet de ses pectoraux.

L'adoration dans sa voix et son toucher affectueux étaient tout ce qu'il lui fallait pour mettre ses pensées de côté et avoir envie de lui faire l'amour, d'être aussi proches qu'ils pouvaient l'être. Elle passa sa langue sur son téton, et il appuya sa main sur l'arrière de sa tête, gardant sa bouche là, un autre son appréciatif gronda dans sa gorge. Elle le taquina en utilisant ses dents et sa langue, car elle savait qu'il aimait ça, et sa poitrine se souleva contre sa bouche.

— C'est si agréable, chérie.

Il poussa sur ses hanches, son érection tendant le drap. Elle aimait les choses qu'il disait, l'effet qu'elle avait sur lui, et que

Dieu lui vienne en aide, elle tombait de plus en plus amoureuse de lui à chaque seconde. Elle le sentait, c'était un appel au fond d'elle, elle voulait faire d'aujourd'hui, non seulement un jour spécial, mais le plus beau jour de leur vie.

— Je t'ai apporté le petit-déjeuner au lit, dit-elle en traçant un muscle de son bras avec ses doigts.

— Tu es la seule chose dont j'ai envie.

Il tendit la main vers elle, mais elle n'avait pas fini de *le* chérir : elle l'embrassa un peu plus bas, ses lèvres jouant sur ses abdominaux pendant qu'elle enlevait le drap. Elle enroula ses doigts autour de son corps dur, avec l'intention de le rendre fou. Il poussa quand elle abaissa sa bouche, refermant ses lèvres sur lui, leurs yeux se connectant avec la chaleur de mille feux. Il la regarda le caresser lentement et fermement, le sucer et le lécher, faisant sortir de ses poumons des gémissements lascifs.

— Ne jouis pas, railla-t-elle.

Elle le prit au fond de sa gorge, accélérant ses efforts. Tous ses muscles étaient tendus, ses yeux étaient avides tandis qu'elle faisait tournoyer sa langue autour de son gland.

— Bon sang, j'adore ta bouche, grogna-t-il entre ses dents serrées.

C'était une bonne chose que sa bouche soit pleine, parce qu'elle avait ce fichu *je t'aime* sur le bout de la langue. Elle s'éloigna lentement de son membre et il gémit. Elle grimaça, enleva sa chemise, se mit à cheval sur lui et s'enfonça, son corps s'étirant pour accueillir chaque centimètre de son corps dur. Elle se figea, son sexe se contractant. Ses yeux se rétrécirent alors qu'il s'agrippait ses hanches, essayant de la faire le chevaucher, mais elle aimait trop le taquiner et continua à faire vibrer ses muscles internes.

Ses yeux devinrent brûlants.

— Tu dois *bouger*, chérie.

— Pas encore, chuchota-t-elle, passant la main derrière elle et caressant ses testicules.

Ses hanches se soulevèrent.

— *Bordel de merde.*

Le désir dans sa voix envoya le désir à travers elle. Elle ramena une main sur sa poitrine, l'autre entre ses jambes, provoquant des sons encore plus sexy et avides. Ses hanches se déplaçaient, ses doigts s'enfonçaient dans sa chair tandis qu'il la soulevait et la tirait vers le bas à chaque poussée, caressant ce point sensible en elle à un rythme effréné. Le plaisir l'engloutit et elle cria son nom. D'un geste rapide, il la fit basculer sur le dos et captura sa bouche avec la sienne. Elle abandonna tout contrôle, et leurs corps prirent le dessus, se synchronisant parfaitement, les emmenant dans cet endroit magique où rien d'autre n'existait. Il la chérissait de façon si exquise qu'elle s'éleva vers les nuages, enveloppée d'un amour si pur et si dévorant qu'ils se sentirent comme un seul être alors qu'ils furent propulsés vers l'extase.

Quand ils s'écroulèrent sur le matelas, Scott la prit dans ses bras, la serrant fermement, l'encerclant des pieds à la tête. Elle se sentait protégée du monde et ne voulait plus quitter la sécurité de ses bras.

— Tu ressens ça ? chuchota-t-il à son oreille.

— Mm-mm. C'est toujours le cas quand on est dans le cocon de notre amour.

A la seconde où le mot commençant par "A" franchit ses lèvres, elle grimaça, pensant qu'elle devait le retenir. Mais elle *n'en avait pas envie* et elle était trop nerveuse pour faire autre chose que de rester là, les yeux écarquillés comme des soucoupes.

Alors que le silence s'étirait de secondes en minutes, elle

était certaine d'avoir fait une énorme erreur. Les mots interdits flottaient entre eux, enveloppés de tant d'émotions contradictoires qu'ils lui faisaient mal au cœur. Il se déplaça et elle craignit que son homme peu loquace ne se lève et s'en aille tout simplement. Mais un de ses bras glissa plus bas, ses doigts s'étendant sur le bas de son dos. De l'autre main, il agrippa son épaule, maintenant leurs corps au même niveau, de la poitrine à la cuisse, comme s'il emprisonnait le mot entre eux et qu'il ne *la* laisserait jamais partir.

Elle ferma les yeux, espérant qu'il ne le ferait jamais.

UNE HEURE ET demie plus tard, ils se dépêchaient de se préparer. Ils s'étaient rendormis et étaient sortis du lit en panique. Ils devaient partir dans vingt minutes ou ils seraient en retard pour le mariage.

Penny finissait de se sécher les cheveux et rangea son sèche-cheveux sous le lavabo, puis se précipita dans la chambre en serviette pour prendre la lingerie sexy qu'elle avait achetée pour aller avec sa robe. En fouillant dans son sac, elle sortit ses talons et se rendit compte qu'elle avait apporté une paire dépareillée.

— *Merde* ! J'ai emmené deux chaussures différentes.

Elle regarda Scott, qui enfilait son pantalon.

— J'ai besoin de mes talons couleur chair pour aller avec ma robe. Nous devons nous arrêter chez moi en chemin, mais je dois encore me maquiller, me coiffer et m'habiller. On ne sera jamais à l'heure.

Il attrapa sa chemise.

— Tu finis de te préparer. Je vais chercher tes chaussures à talon.

Le soulagement l'envahit et elle se jeta dans ses bras.

— Mon Dieu, je t'aime !

Oh merde ! Zut, zut et re zut ! Deux fois dans la même journée ! Elle ferma les yeux, se disant qu'elle devait se rétracter, mais elle en avait assez de se retenir. S'ils pouvaient passer cette étape, lui parler du bébé ce soir serait plus facile. Elle puisa en elle pour se donner courage.

— Je *veux bien*, Scotty. Je t'aime.

Elle fit un pas en arrière, son regard mal à l'aise la transperçant, et la vérité sortit.

— J'aime qui tu es et qui je suis avec toi, et je sais que tu m'aimes aussi. Je le sens quand tu me touches et je le vois quand tu me regardes.

Il ne prononça pas un mot. Il resta juste là, la mâchoire serrée, la torture dans ses yeux presque trop dure à supporter.

— Tu ne peux même pas me le dire en retour ?

Des larmes lui piquèrent les yeux.

Il resta immobile.

— Ce n'est pas ça.

— Alors qu'est-ce que c'est ? Ce ne sont que des *mots*, Scott. Des mots que tu devrais vouloir me dire si tu m'aimes vraiment. Je ne te demande pas de m'offrir une bague, mais si tu ne peux même pas me dire que tu m'aimes, alors qu'est-ce qu'on fait ?

Elle ne voulait pas élever la voix, mais elle ne pouvait pas retenir sa douleur.

— Tu sais que je t'aime, Penny, mais ces mots impliquent une promesse que je ne peux pas tenir.

Des larmes glissèrent sur ses joues.

— La seule promesse qu'ils portent est celle de l'amour. Ma présence dans ta vie se résume à un tiroir et un sac, Scott, je retourne chez moi chaque semaine pour changer de vêtements et en apporter d'autres. Tu sais ce que ça me fait ? Ou ce que ça fait de s'allonger dans tes bras en t'aimant tellement que cela me fait mal de le garder pour soi ?

— Bien sûr que je le sais, déclara-t-il en colère. Je fais la même chose, bon sang.

Elle prit ses mains.

— Mais tu ne vois pas ? Nous n'avons pas à nous retenir. Ce que nous partageons est si beau et si vrai que nous devrions le célébrer. Je sais que tu as peur d'avoir des enfants à cause de tout ce que tu as vécu, mais tu n'es pas comme ton père. Tu es gentil et aimant, et tu as la patience d'un saint…

— *Stop*.

Il retira ses mains.

— As-tu la moindre idée de qui je vois dans le miroir chaque fichu jour ? *Mon père*, Penny. Un homme qui nous battait, Sarah et moi, depuis notre enfance. Tu n'as aucune idée de ce que c'est de voir ta sœur battue ou recroquevillée dans un coin. Ou de poursuivre l'homme qui l'a fait, quand on est trop jeune et trop faible pour l'arrêter. Un foutu coup de poing de sa part m'a fait voler à travers la pièce, jour après jour, pendant des *années*. Et notre foutue mère qui traitait Sarah de manière odieuse tout le temps ! Elle nous rabaissait. Je ne sais pas du tout comment on a survécu et je ne sais pas si ce type de monstres peut faire partie de *moi*.

Il faisait les cent pas en serrant les dents, les narines dilatées.

Les larmes brouillaient sa vue.

— Je t'aime de toutes les fibres de mon être, Penny. Tu es mon foutu phare dans la tempête. Tu es mon havre de paix. Le monde pourrait exploser autour de moi, mais quand je te regarde, quand j'entends ta voix ou que je sens ton contact, rien d'autre ne compte. Tu me fais me sentir entier, fort et tellement bien que ça en est irréel.

Des larmes perlèrent dans ses yeux.

— Je *veux* ce que tu veux, construire une vie sans sacs de voyage, ni mauvaises chaussures. Mais je sais à quel point tu veux une famille. Je *pense* que je ne ferai jamais de mal à un enfant, mais je ne suis pas prêt à prendre ce risque et à mettre des enfants au monde alors que quelque chose en moi pourrait se briser et que je pourrais finir comme mon satané père.

Il se détourna, ses mains se transformant en poings.

Une sensation désagréable dans sa poitrine lui vida les poumons. Elle se força à *bouger* les jambes, et elle courut derrière lui, mettant son visage en face du sien, pour qu'il soit obligé de l'entendre.

— Mais tu n'es *pas* lui, Scotty. Tu aimes tes nièces et tes neveux. Bon sang, tu adores tous les enfants – Lulu, Kennedy, Lincoln. Tu es tout le temps entouré d'enfants et je ne t'ai jamais entendu leur crier dessus.

Il essaya de se détourner, mais elle le suivit.

— Même si *je* sais que tu ne feras jamais de mal à un enfant, je comprends pourquoi tu as peur et je respecte cela. S'il te plaît, ne rejette pas quelque chose que nous savons tous les deux être juste, alors qu'il existe des moyens de résoudre ce genre de problèmes. Nous pouvons suivre une thérapie ensemble, parler à un professionnel qui pourra déterminer si tu as ce type de colère en toi. La thérapie a aidé Roni et Quincy. Je suis sûre qu'ils peuvent te recommander quelqu'un. Et je serai à tes côtés, à chaque étape du chemin. Quoi qu'il en soit, je suis là, avec toi.

Il déglutit fortement et elle pensa qu'il allait dire quelque chose.

— Regarde tes sœurs, ajouta-t-elle comme il ne disait rien.

Sarah et Josie ont grandi dans la même maison que toi et ce sont des mères aimantes. Pourquoi serais-tu différent ?

Il serra les dents, secoua la tête, la terrassant une fois de plus.

— Penny…

Ses yeux brillaient de larmes.

— *Non*, l'avertit-elle. Je ne vais pas renoncer à toi, ou à nous, juste parce que tu as trop peur d'arracher le pansement et de voir ce qu'il y a en dessous.

Elle jeta ses bras autour de son corps, le serrant fort, priant pour qu'il ne les détruise pas, et fut surprise qu'il l'embrasse en retour.

— Je t'aime tellement que ça me fait mal aussi, Pen.

Il embrassa le haut de sa tête, la serrant plus fort.

— Mais si un thérapeute dit que je suis dangereux ? On fera quoi ?

Il la prit par les bras, mettant de l'espace entre eux, ses yeux angoissés enfonçant un couteau dans sa poitrine.

— Tu auras passé des mois, peut-être des années, à tomber encore plus amoureuse de moi et tu n'auras jamais la famille que tu veux. Si ce n'est pas voué à avoir des regrets, je ne sais pas ce que c'est.

Son cœur se brisa, des sanglots s'échappant avec force.

— C'est mon problème, ma chérie, dit-il d'un ton plus doux.

Sa mâchoire se contracta à nouveau, le regret naissant dans ses yeux.

— Tu mérites un homme qui peut te donner tout ce que tu veux.

Non non non.

— C'est *toi* que je veux, dit-elle en sanglotant.

— Moi aussi, je te veux, parce que je suis un connard

égoïste. Mais ce n'est pas juste, parce que je ne serai peut-être jamais assez bien pour toi.

Il lui fallut toute la force dont elle disposait pour faire passer les mots dans sa gorge serrée.

— Comment peux-tu le savoir si tu n'essaies pas ?

Il la serra à nouveau dans ses bras, la serrant encore plus fort qu'avant.

— Je ne sais pas, d'une voix aimante, triste et brisée.

CHAPITRE CINQ

SCOTT SE TENAIT devant une fenêtre du manoir Davenport de cinq étages, situé dans un domaine de style français très prisé et contemplait les impressionnants jardins où le mariage de Bones et Sarah allait avoir lieu. Des jardinières en pierre débordant de fleurs rouges bordaient une allée de tapis rouges sur une pelouse luxuriante, au bout de laquelle se trouvait un belvédère en pierre surmonté d'un dôme, où ils prononceraient leurs vœux. Juste derrière le kiosque se trouvait une grande piscine réfléchissante et une fontaine, et de l'autre côté de la piscine se trouvait la colonnade en pierres élaborées où la réception aurait lieu. Entre leurs amis, leur famille, les collègues de travail de Bones, les membres du club de bikers des Dark Knights – dont Biggs, le père de Bones, était le président – tout comme Bones et ses frères Bullet et Bear qui en étaient aussi membres, plus de deux cents invités étaient présents.

Le regard de Scott se déplaça sur la foule, trouvant rapidement Penny, comme si elle l'appelait. Elle était superbe avec ses cheveux relevés sur les côtés et quelques boucles souples encadrant son visage, portant une robe pêche à épaules décolletées et avec une jupe légère mais aussi les talons nus qu'ils s'étaient arrêtés pour prendre en chemin. Ils étaient arrivés un peu en retard, mais Sarah était aussi gracieuse que d'habitude et n'avait pas dit un mot à ce sujet. Il regarda Penny jouer avec Hail, Kennedy et Lincoln. Ses tripes se nouèrent. Cela faisait des mois qu'il l'imaginait avec *leurs* enfants. C'était difficile de ne pas le faire quand ils étaient si souvent entourés des enfants de ses sœurs. Il imaginait leurs petites filles aux grands yeux bleus, leurs cheveux couleur miel attachés par des nœuds et des rubans, et leurs garçons minces aux cheveux hirsutes qui aimaient la nature. Ils leur liraient des histoires, leur enseigneraient le bien et le mal et les couvriraient de tant d'amour que tous les amis de leurs enfants diraient qu'*ils ont* de la chance. Il s'imaginait leur apprendre à pêcher et à faire de la voile, les emmener à la bibliothèque, aux matchs de baseball et chez Penny pour leur apprendre à faire de fantastiques sundaes avec des noms inventés et trop de garnitures. Il serait leur terrain de jeu humain et leur plus grand protecteur, et Penny le regarderait avec les mêmes étoiles dans les yeux que lorsqu'ils faisaient du baby-sitting.

Quel foutu fantasme !

Penny et lui n'avaient pas échangé plus que quelques mots sur le trajet, mais leurs mains étaient restées étroitement liées, comme s'ils pouvaient se sauver mutuellement de l'âme brisée que ses parents avaient laissée derrière eux.

Bones offrait à Sarah le mariage de sa vie et Scott ne pouvait même pas promettre à Penny une foutue commode.

— *Scott* ! hurla Josie, le tirant de ses pensées.

Il secoua la tête et essaya de se concentrer sur sa sœur cadette, magnifique dans une robe rose pâle lui arrivant au-dessus du genou avec un décolleté en cœur et une jupe vaporeuse, ses cheveux blonds clairsemés tombant en vagues naturelles sur ses épaules. Josie ne ressemblait en rien à Sarah et lui. Elle ressemblait à un lutin, avec un nez retroussé, des pommettes hautes, un grain de beauté juste sous le coin gauche de sa bouche, et avait des yeux marron vif qui étaient actuellement chargés d'inquiétude.

— Désolé, Josie.

— J'ai prononcé ton nom trois fois. Qu'est-ce qui se passe ? Tu fais d'abord les cent pas comme un animal en cage pendant dix minutes et maintenant, tu es au pays des rêves.

— Tu vas bien ? demanda Sarah en se levant de la chaise devant le miroir de maquillage.

Sarah était plus grande et plus ronde que Josie, avec des yeux en amande et un nez droit. Elle était à couper le souffle dans sa robe de mariée. Le corsage en dentelle complexe épousait sa silhouette, et la jupe s'évasait comme une robe de bal avec de la dentelle qui descendait le long des côtés. Ses longs cheveux blonds étaient attachés en une élégante torsade avec de petites fleurs blanches entrelacées. Elle possédait les mêmes yeux bruns que Josie et lui, mais même dans les moments les plus sombres, ceux de Sarah avaient toujours été plus doux et plus gentils. L'inquiétude qui le fixait lui provoqua une vague de culpabilité.

— Ouais, très bien, mentit-il en s'éloignant de la fenêtre. Vous êtes toutes les deux magnifiques. Bones et Jed vont perdre la tête.

Sarah et Josie échangèrent un regard inquiet.

— Ok. On arrête les conneries, dit Josie en croisant les bras. Dis-nous ce qui ne va pas.

Cette journée était spéciale pour Sarah et il était déterminé à ne pas les accabler avec ses problèmes. Il glissa une main dans sa poche le plus simplement du monde.

— C'est juste une journée chargée en émotions. Ce n'est pas tous les jours que ta sœur se marie.

Josie secoua la tête.

— Je n'y crois pas. Tu étais si heureux quand je me suis mariée, tu étais tout sourire et en larmes.

Scott feignit un sourire. Il avait réussi à cacher à quel point il avait été bouleversé ce jour-là, mais Penny avait vu clair dans son jeu.

— Oh ! Oh !.

Sarah se rapprocha.

— Il y a vraiment quelque chose qui cloche.

Scott serra les dents.

— Tu t'es disputé avec Penny ? lui demanda Josie.

— Oh non. C'est le cas ? dit Sarah avec empathie.

Il fit les cent pas.

— On peut éviter de parler de ça le jour de ton mariage ?

— Non, on va en parler.

Josie se mit à côté de lui.

— Que s'est-il passé ?

— Rien.

— Rien, mon œil, répliqua Josie. Tu ne laisses jamais Sarah ou moi agir ainsi avec toi. Tu nous fais cracher le morceau. Alors, crache le morceau.

Sarah se mit devant lui, lui bloquant le passage.

— Maintenant, je vais m'inquiéter toute la journée si tu ne nous dis rien. Peut-être que nous pouvons aider.

— Personne ne peut nous aider, répondit-il sèchement.

— Aie un peu confiance en nous, lança Josie.

— Nous avons eu confiance en toi pendant toutes ces années où nous vivions avec maman et papa et que tu nous protégeais, dit gentiment Sarah.

— Je ne vous ai jamais assez protégées.

La vérité avait un goût amer.

Il ne pourrait jamais oublier la douleur d'avoir été contraint de les laisser derrière lui. Il avait planifié leur fuite pendant des années et avait économisé chaque centime qu'il avait gagné en travaillant à la marina pendant le lycée. Un des gars plus âgés avec qui il travaillait lui avait fourni une fausse carte d'identité et ouvert un compte bancaire où Scott avait caché ses économies. Mais quelques semaines avant le jour où il avait espéré fuir avec les filles, il était rentré du travail et son père l'avait engueulé pour un truc. Il ne parvenait même plus se souvenir de quoi il s'agissait. Scott se défendait depuis toujours, mais il avait récemment eu une poussée de croissance et s'était retrouvé face à face avec son père. Quand son père lui était tombé dessus et l'avait poussé contre le mur, Scott s'en était pris à lui de toutes ses forces. Il était aveuglé par la rage, frappait, criait, et son père le lui avait bien rendu. Les poings avaient volé et le sang avait coulé. Josie n'avait que treize ans et Sarah seize, toutes deux hurlant et pleurant. Josie s'était recroquevillée dans un coin, Sarah se tenait devant elle, la protégeant tandis que leur mère leur criait de se taire. La douce et délicate Sarah avait sauté sur le dos de leur père, essayant de l'arracher à Scott, et leur mère s'était jetée sur elle, la giflant au visage et au dos et la griffant, et Scott avait perdu la tête. Il avait frappé son père si fort qu'il lui avait fendu ses phalanges, puis il avait éloigné sa mère des filles, hurlant à Sarah de faire descendre Josie. Dieu merci, elle l'avait écouté et ainsi, elles n'avaient pas eu à assister au pire. Il avait étranglé son père, puis l'avait jeté à travers la pièce, avec l'intention de prendre les filles et de partir. Mais son père l'avait menacé de le faire arrêter pour agression et kidnapping. A dix-sept ans, sans antécédents de maltraitance, c'était sa parole contre celle de son père et les charges auraient probablement été retenues. Scott ne pouvait pas prendre le risque d'être traîné en prison et que les filles retournent directement chez ces monstres.

Il avait donné à Sarah la carte bancaire, en lui disant de la protéger au péril de sa vie, et qu'il trouverait un autre emploi et mettrait plus d'argent sur le compte. Il était parti, avec la ferme intention de revenir les chercher un jour ou deux jours plus tard, mais son enfoiré de père l'avait quand même dénoncé à la police, et ils le recherchaient. En désespoir de cause, il avait volé deux cents dollars dans une épicerie, ce qui portait ses économies à quatre cents dollars pour les filles. Son ami l'avait aidé à se cacher dans une autre ville jusqu'à ce que les choses se tassent, mais le temps de revenir, ses sœurs avaient disparu sans laisser de trace.

— Oui, Scott, insista Sarah. Si tu n'avais pas été là pour nous pendant toutes ces années, je ne serais peut-être pas en vie aujourd'hui.

— De quoi s'agit-il vraiment, Scott ? demanda Josie. Qu'est-ce que cela a à voir avec Penny ? Vous étiez tous les deux collés l'un à l'autre hier soir.

— Rien. *Tout*, admit-il. Je suis foutu, terrifié à l'idée d'avoir ce salopard en moi.

Josie secoua la tête.

— C'est insensé. Tu es formidable avec les enfants.

— Ce n'est pas de la folie, dit solennellement Sarah.

Scott eut l'estomac retourné.

— J'étais terrifiée à l'idée d'être comme eux, moi aussi, admit Sarah. Je continuais à attendre que le monstre en moi sorte. Quand j'ai eu Bradley et Lila, je restais debout la nuit, de peur que si je dormais, je me réveille différente. Je pense que c'est normal après ce que nous avons traversé.

Josie, tu n'as jamais eu à vivre dans la rue, avec un agresseur, ou sur une plate-forme pétrolière sans personne pour te témoigner de l'amour. *Dieu merci*, tu avais Brian, et il t'a aimée et chérie dès que tu as quitté la maison avec lui. Tu étais si jeune, je pense qu'il a effacé la plupart de tes peurs. Mais nos expériences ont été différentes et ont laissé des cicatrices profondes.

— Et quand vous avez eu Maggie Rose, Sarah ? Tu t'es inquiétée à ce moment-là ? demanda Scott.

— Non. J'avais déjà deux bébés, et je ne craignais plus pour ma vie. J'avais Bones, et je t'avais Josie et toi, ainsi que les Whiskey et tous nos amis. Je comprends tes craintes, Scott. Nous avons vécu chaque minute sans savoir si ce serait la dernière et tu as enduré cette épreuve plus longtemps que n'importe lequel d'entre nous.

Sarah lui prit la main, le regardant avec empathie et non avec pitié.

— Mais tu te souviens quand nous avons eu l'accident ? Tu avais un pneumothorax, deux jambes cassées, et tu t'es battu pour nous aider à sortir de la voiture. Dès que tu as vu Bullet nous atteindre, tu lui as répété de prendre les bébés et moi, encore et encore. Même après qu'il nous ait tous sortis, je t'entendais encore le dire.

Ses yeux devinrent plus humides.

— Puis, quand tu t'es réveillé après l'opération, les infirmières ont dû te retenir parce que tu étais fou d'inquiétude pour nous. Tu voulais *tellement* nous retrouver et cela ne faisait que quelques semaines que tu connaissais mes enfants.

Scott se souvint de la peur qui l'avait saisi cette nuit-là. Il avait cru qu'il les avait tous perdus alors qu'il venait à peine de retrouver Sarah.

— Tu es plus patient avec nos enfants que Sarah et moi ne le sommes. Tu ne t'énerves jamais avec eux, constata Josie.

— Et il n'y a pas que ça, ajouta Sarah. Tu nous as accueillis chez toi, Josie, moi et nos enfants, et tu les as traités comme les tiens. Tu les as baignés, tu as changé leurs couches, tu les as nourris, tu les as emmenés partout et tu les as mis au lit. Tu as contribué à leur apprendre ce que cela signifie d'être une famille et comment être aimés comme une famille doit le faire. Cela fait plus de dix ans que nous sommes sortis de cette maison. Si tu étais capable de faire ce que nos parents nous ont fait, on en aurait déjà vu des signes. Tu n'es pas un monstre, Scott. Tu as juste peu, et c'est normal.

La porte s'ouvrit à la volée et Red Whiskey entra en trombe.

— Qui est prêt à …

Son sourire disparut et elle plissa les yeux, la faisant ressembler encore plus à son sosie, Sharon Osbourne.

— Oh, Mon Dieu ! Qu'est-ce qui se passe, ici ? S'il vous plaît, dites-moi que ce n'est pas la peur au ventre, parce que mon fils va devenir fou si je ne vous amène pas bientôt à l'autel.

— Ne vous inquiétez pas, Red. Je suis très enthousiaste. Rien ne pourra m'empêcher de dire "oui" à mon merveilleux Bones, dit Sarah avec un sourire.

— *Ouf,* dit Red.

— Je travaille juste sur mes conneries, Red, avoua Scott à la femme qui l'avait accueilli, lui, ses sœurs et tous leurs enfants, à bras ouverts dans sa famille.

— Ah, dit Red, comme si elle l'avait entendu un million de fois. Ton cœur te donne un coup de pied aux fesses, pas vrai ?

— Quelque chose comme ça, répondit Scott.

L'expression de Red se radoucit.

— C'est une bonne chose, mon chéri. Ce sont les hommes qui ne comprennent pas qu'ils ont des problèmes à résoudre qui nous inquiètent.

Elle se tourna vers les filles.

— Dixie a fait répéter à Bradley et Lila leur marche dans l'allée tellement de fois qu'ils vont le faire en dormant. Allons-y, mesdames. On doit assister à un mariage !

— Oui ! s'exclama Sarah en suivant Red et Josie dans le hall.

Scott prit la main de Sarah.

— Tu te souviens combien tu étais nerveuse lors de ton premier rendez-vous avec Bones ? Et regarde-toi maintenant. Je suis si heureux pour toi. Josie et toi méritez tout le bonheur du monde.

— Toi aussi, Scott, déclara Sarah alors qu'ils descendaient les marches et se dirigeaient vers la porte arrière.

— Merci. Je suis désolé d'avoir gâché ta fête.

— Ne sois pas stupide. Mais ne gâche pas ta propre soirée.

Elle se rapprocha de lui alors qu'ils traversaient le sol en marbre.

— Nos parents sont morts et enterrés. Ils ne peuvent plus nous faire de mal. Ne laisse pas leur méchanceté éclipser ta grandeur. Penny t'aime, Scott, et je sais que tu l'aimes. Laisse cet amour transparaître et le reste viendra naturellement.

Si seulement l'amour suffisait…

Penny voulait, et *méritait*, bien plus que son amour.

AUJOURD'HUI, TOUT ÉTAIT censé être parfait. Penny avait imaginé une matinée pleine d'amour, de rires, de mains qui se tiennent, de compliments élogieux sur la beauté dévastatrice de Scott dans son smoking, et qui feraient écho à ceux qu'elle recevait – tant elle était superbe dans sa nouvelle robe-, suivi de baisers lascifs et de tentations sans fin, les laissant désireux d'être dans les bras l'un de l'autre à la fin de la journée. Au lieu de cela, elle était coincée entre Finlay et Quincy, retenant un torrent de larmes causée par des confessions sincères et une confusion insurmontable, suivies de quelques paroles forcées sur le chemin du mariage. Comme si ce n'était pas assez de tortures pour une seule journée, Finlay faisait un câlin à Tallulah, qui était trop mignonne, dans sa robe rose à froufrous et ses chaussons assortis, et reluquait son mari imposant, qui se tenait avec Bear près du pavillon en pierre où Bones et Sarah allaient prononcer leurs vœux, et enfin, Quincy bécotait Roni. Dans la rangée en face d'eux, il y avait plusieurs autres amis de Penny.

Truman et Gemma adoraient Kennedy et Lincoln, et Jed et Hail jouaient à un jeu sur le téléphone de Jed et riaient comme des fous. Crystal, la femme de Bear, câlinait son adorable bébé de huit mois, et Jace, le mari de Dixie, chatouillait le petit ventre naissant de sa femme. Jace n'avait pas arrêté d'essayer de convaincre Dixie de fonder leur famille.

Penny était *littéralement* entourée de gens amoureux.

Son regard dévia vers ses copines célibataires, Tracey et Izzy, assises plus loin dans la rangée. *Peut-être que j'aurais dû m'asseoir là.*

Cette pensée fit jaillir de nouvelles larmes. Elle ferma les yeux pour les empêcher de couler. Elle ne voulait pas être célibataire.

— *Hé*, Pen.

Quincy lui donna un coup de coude dans le bras.

Elle ouvrit les yeux et ferma soigneusement la bouche, voulant empêcher les larmes de couler. Mais sa tristesse était trop grande. Sa lèvre inférieure tremblait encore, et une larme unique et traîtresse s'échappa le long de sa joue.

Quincy fouilla dans la poche de sa veste et lui tendit une liasse de mouchoirs.

— Je suis venu préparé. Tu te souviens à quel point Roni a pleuré au mariage de Josie et Jed ?

— Merci.

Elle s'essuya les yeux, mais en pensant à Josie et Jed, un autre couple qui était tombé si amoureux que le jeune homme avait passé une bague au doigt de Josie pour être sûr que le monde entier le sache, elle eut du mal à retenir d'autres larmes. Penny appuya le mouchoir sur ses yeux.

— Tu vas bien ? demanda Finlay.

L'inquiétude dans la voix de sa sœur ne fit que la faire pleurer davantage.

Quincy se pencha plus près.

— Penny, qu'est-ce qui se passe ?

— Rien, lança-t-elle d'une voix étouffée en s'essuyant les yeux.

— Tu mens aussi bien que je le ferais si j'essayais, dit Quincy. Tu veux faire un tour ? En parler ?

Cela lui fit encore plus mal au cœur. Elle ne voulait pas mettre son cœur à nu devant Quincy et le laisser se briser. Elle voulait l'impossible – retourner dans le temps et changer la réponse de Scott. L'entendre dire qu'il l'aimait trop pour la laisser partir et qu'il voulait une famille. Des larmes coulaient sur ses joues.

Roni jeta un coup d'œil vers Quincy.

— Oh Mon Dieu, Penny ! Qu'est-ce qu'il y a ?

Penny se leva d'un bond.

— J'ai juste besoin d'une minute. Je vais aux toilettes.

— Je viens avec toi, dit Finlay, en prenant le sac de changes de Tallulah.

— Moi aussi, dit Roni en se levant avec Finlay.

Leurs amis de la rangée suivante se retournèrent sur leurs sièges.

— Où allez-vous les filles ? Le mariage va commencer, s'exclama Gemma.

La musique commença, et tous les invités se retournèrent pour voir les parents de Bones, Red et Biggs, sortir du manoir en direction de l'allée. Penny eut l'estomac retourné. Elle était piégée.

— Tu veux en parler ? chuchota Quincy alors que les autres filles et elle reprenaient place.

Penny secoua la tête.

— Je suis là si tu as besoin de moi, murmura-t-il en lui serrant le bras de façon rassurante.

Si elle disait à Quincy qu'elle avait besoin de sortir de là, il se jetterait dans l'allée et ferait en sorte que cela arrive. *Scott aussi. Mais s'il me voyait si bouleversée, il me prendrait sûrement dans ses bras.*

Une boule se logea dans sa gorge. Au moins, maintenant que le mariage commençait, elle avait une excuse valable pour ses larmes. Tout le monde savait qu'elle pleurait aux mariages.

— Dis-moi ce qui se passe, souffla Finlay.

— Rien.

Finlay afficha un visage avec les lèvres plissées et les yeux froncés et Penny savait que sa grande sœur considérerait cela comme une grimace. Penny n'avait jamais eu le courage de lui dire qu'elle était nulle pour en faire et que cette expression la faisait ressembler à une fée blonde prête à accepter un baiser dont elle ne voulait pas.

Heureusement, le cortège démarra et Finlay se retourna pour regarder ses beaux-parents descendre l'allée, laissant à

Penny un moment pour essayer de se ressaisir. Elle respira profondément, en pensant à Scott. Sur le chemin, ils avaient convenu de ne pas laisser leurs problèmes ruiner le mariage de Sarah. Quand ils étaient arrivés, Dixie s'était précipitée pour amener Scott à Sarah. Avant de l'accompagner, il avait pris Penny dans ses bras, la serrant plus fort que jamais et lui avait dit : *Réserve-moi une danse.* Elle le lui avait promis, et alors qu'il s'éloignait, elle avait eu l'impression de lui avoir promis une dernière danse ; son cœur s'était brisé de nouveau.

La boule dans sa gorge se développa douloureusement et elle essaya de se concentrer sur Red et Biggs alors qu'ils se dirigeaient vers l'allée. Red était magnifique dans une robe rose, longue avec des manches courtes en dentelle qui mettaient en valeur ses cheveux roux ardent. Quant à Biggs, il ne pouvait pas être plus beau dans un smoking noir, avec un nœud papillon qui était partiellement couvert par sa longue barbe grisonnante. Il avait été victime d'un AVC, il y avait des années de cela, et marchait avec une canne. Les pensées de Penny retournèrent à la convalescence de Scott après l'accident de voiture, lorsqu'il avait dû utiliser une canne. Elle ne se souvenait pas d'une seule fois où il s'était plaint de ses blessures ou de la douleur qu'elles provoquaient. Une fois qu'elle avait appris l'étendue des sévices subis pendant son enfance, elle avait eu la pensée déchirante que les blessures de son accident avait été probablement moins douloureuses que les coups qu'il avait subis, car elles n'avaient pas été causées par quelqu'un qui était censé l'aimer.

Penny aperçut un mouvement du coin de l'œil et comprit qu'elle avait regardé dans le vide. Elle avait réellement besoin d'éteindre son cerveau, car des larmes coulaient à nouveau sur ses joues. Les essuyant avec les mouchoirs, elle se concentra sur le cortège. Dixie, Bradley, et Maggie Rose commençaient à remonter l'allée. Dixie, une grande rousse élancée, était élégante dans une courte robe rose pâle avec un corsage croisé et une jupe fluide jusqu'aux genoux. Bradley était trop mignon pour être décrit dans son smoking et son nœud papillon, tenant la poignée du carrosse blanc de mariage de Cendrillon avec un auvent en dentelle que Bear avait construit pour qu'il puisse tirer Maggie Rose dans l'allée. Le carrosse avait de grandes roues blanches, des roses roses décorant les côtés, et du tulle rose et blanc duveteux entourait les coussins de soie blanche qui accueillaient Maggie Rose. Elle était adorable dans une robe blanche à froufrous avec un serre-tête à fleurs.

— Pas de fuite, tante Dixie, annonça Bradley.

Des gloussements fusèrent parmi les invités et Bradley grimaça fièrement en tirant sa sœur le long de l'allée, saluant et appelant tous ceux qu'il connaissait.

— Salut tante Finlay ! Bonjour Lulu ! Bonjour Penny…

Ce qui provoqua de nouveaux rires.

Derrière eux, Lila tenait la main de Josie alors qu'elles marchaient dans l'allée. Lila avait l'air d'une princesse dans une robe blanche avec une jupe duveteuse et un nœud rose dans ses cheveux blonds. Josie était magnifique dans sa robe rose pâle, ses yeux aimants se posant sur Jed et Hail, faisant couler encore plus les larmes de Penny.

Quand ils atteignirent le bout de l'allée, Red prit Maggie Rose dans ses bras et Biggs et elle emmenèrent les enfants s'asseoir au premier rang, tandis que Dixie et Josie prirent place en face des hommes Whiskey près du pavillon.

Il y eut un bref moment de silence avant que *A Thousand Years* de Christina Perri ne retentisse et que Scott et Sarah ne sortent du manoir. Le cœur de Penny fit un bond. Sarah était éblouissante dans sa robe de mariée, mais les yeux de Penny étaient rivés sur l'homme qui se tenait fièrement à ses côtés, l'homme que Penny avait l'impression d'aimer depuis mille ans et qu'elle *voulait* aimer pour un milliard d'années encore. Des larmes coulèrent sur ses joues lorsque le regard de Scott se posa sur elle. Il fronça les sourcils, l'amour et la tristesse se mêlant dans ses beaux yeux, faisant sortir un sanglot de la poitrine de Penny. Elle se couvrit la bouche et Scott la regarda jusqu'à ce qu'ils aient dépassé sa rangée. Elle le désirait de tout son cœur. Elle voulait tout avec lui : leur bébé, dire *Je le veux* devant tous leurs amis, un avenir fait de crêpes et de promenades en bateau. Elle voulait donner à Scott tout l'amour dont il avait manqué et tellement plus qu'il le ressentirait même s'ils étaient à l'autre bout du monde.

Quincy lui toucha le bras.

— *Ça*, c'est le regard de l'amour.

Elle savait qu'il parlait de la façon dont Bones regardait Sarah alors qu'elle prenait place en face de lui, mais Penny était toujours attirée par Scott, maintenant aux côtés de Josie et qui *la* regardait.

Son cœur souffrait de l'amour qui flottait entre eux.

Scott ne pensait peut-être pas qu'il serait un bon père, mais elle savait au fond d'elle qu'il serait l'un des meilleurs. Néanmoins, son amour pour lui parlait plus fort que tout le reste. Alors qu'ils prenaient place, elle était heureuse de ne pas lui avoir encore parlé du bébé. Scott était un homme honorable qui ferait ce qu'il fallait pour elle et leur enfant. Mais Penny ne voulait pas qu'il fasse une chose *honorable*. Elle ne voulait pas d'un mari et d'un père pour son enfant qui se sente piégé. Elle avait fait une erreur ce matin-là, en essayant égoïstement de faire en sorte qu'il se voie comme elle le voyait et qu'il change d'avis.

Elle plaça sa main de manière protectrice sur son ventre,

prenant la décision la plus difficile de sa vie.

Elle pouvait trouver sa voie en tant que mère célibataire, même si perdre Scott signifiait ne plus jamais se sentir entière, mais elle ne pourrait jamais se pardonner si Scott se sentait piégé dans un rôle qui le terrifiait.

Alors que des sanglots s'échappaient de ses lèvres et que Finlay lui serrait la main, Penny savait ce qu'elle avait à faire. Elle espérait juste qu'elle y survivrait.

CHAPITRE SIX

LA CÉRÉMONIE ÉTAIT magnifique et juste assez longue pour que tout le monde ait les larmes aux yeux. Sarah pleura quand Bones et elle prononcèrent leurs vœux, l'amour dans leurs voix était si fort qu'il était palpable. Chaque fois que les regards de Penny et de Scott se croisaient, la douleur dans sa poitrine s'accentua, la faisant pleurer davantage. Elle avait même renoncé à essayer d'arrêter les torrents de larmes qui l'assaillaient.

Après la cérémonie, Hawk Pennington, le photographe et un Dark Knight, avait emmené les mariés pour des photos dans les jardins. L'heure du cocktail battait son plein dans la colonnade de pierre. La musique du DJ remplissait l'air tandis que les gens se réunissaient, dégustaient des amuse-gueules et des cocktails ou dansaient. Des tables élégantes avec des centres de table floraux élaborés entouraient la piste de danse, et de magnifiques jardinières en fer et en pierre autour du périmètre de la colonnade arboraient des roses roses et blanches. Les colonnes de pierre étaient enveloppées de guirlandes lumineuses blanches et d'autres guirlandes étaient drapées au-dessus de leurs têtes. C'était absolument magique.

Penny resta debout avec ses amis, les écoutant parler du mariage, tout en jetant des regards furtifs à Scott qui posait pour des photos avec sa famille. Tout le monde présent au mariage était en couple, sauf lui. Elle avait envie d'être à ses côtés. Même à cette distance, elle pouvait voir à son langage corporel que ses sourires étaient forcés. Elle se sentait coupable d'avoir assombri ce qui aurait dû être l'un des plus beaux jours de sa vie.

— En parlant de grands gestes, déclara Gemma, tirant Penny de ses pensées.

Gemma était magnifique dans une robe vert forêt qui épousait sa petite taille, ses cheveux bruns étaient attachés en un chignon fantaisiste.

— Roni vient de nous dire que tu as été acceptée au Festival du Dessert l'année prochaine. Pourquoi n'as-tu rien dit hier soir ? C'est tellement excitant !

— Je brûlais d'envie de le dire à tout le monde, mais c'était la grande soirée de Bones et Sarah, et je ne voulais pas leur voler la vedette.

Ce n'était pas complètement vrai. Bien sûr, Penny était excitée à l'idée de partager sa nouvelle sur les choses incroyables que Scott avait faites pour elle, mais la grossesse l'avait distraite de tout le reste. La seule chose qu'elle avait envie de dire hier soir était *"Je t'aime"* à Scott et *"On va avoir un bébé"*.

Dieu merci, quand elle s'est finalement effondrée, elle avait gardé cette nouvelle pour elle.

— J'ai donné à Scott une copie de l'article que j'ai écrit sur *Luscious Licks*, il y a quelques années de cela pour le journal local, et Tru et moi avons fait une critique élogieuse.

Gemma jeta un bref regard à Kennedy et Lincoln qui tournaient autour de Truman sur la piste de danse.

— Nous avons tout raconté à Alyssa sur les sundaes spéciaux que tu fais sur place pour les enfants et comment tu prends toujours le temps de parler avec eux. J'espère que ça t'a aidée.

— Et Dixie et moi avons parcouru ses photos et rassemblé des clichés de vos stands de glaces lors de quelques collectes de fonds, précisa Tracey.

Elle était magnifique dans une courte robe bleue à dos nu, un choix sexy pour une fille bien plus discrète que sa sarcastique colocataire et collègue de travail du bar *Le Whiskey's*, Izzy, qui exhibait son corps sexy dans une robe jaune moulante qui mettait ses courbes en valeur.

— Attendez une seconde. Vous étiez au courant de ce que Scott a fait ?

Penny n'arrivait pas à croire que Scott ait contacté tout le monde.

— Je n'ai jamais vu aucune des critiques ou des photos qu'il a envoyées ou quoi que ce soit. Tout ça, c'était une surprise. Merci de l'avoir aidé et de d'avoir dit des choses gentilles sur moi.

— On était tous au courant, Pen. Tout le monde a contribué et tu méritais tous les compliments et plus encore, affirma Quincy.

Il était beau dans son costume sombre, les cheveux gominés en arrière et un bras autour de Roni, belle dans une robe à fleurs, ses cheveux bruns tombant sur ses épaules.

— Tu devrais savoir que Scott a poursuivi cette femme sans relâche pour toi. Il est fou de toi, Pen.

Quincy soutint son regard et elle savait qu'il laissait ses mots résonner en elle. Il l'avait prise à part juste après la cérémonie pour essayer à nouveau de l'amener à s'ouvrir à lui. Elle ne voulait pas se retrouver à nouveau en larmes, mais elle ne voulait pas non plus mentir, alors elle lui avait dit que Scott et elle s'étaient disputés ce matin-là. Elle savait qu'il ne l'avait pas cru car Scott et elle ne s'étaient jamais disputés auparavant. Ils parlaient de tout. Enfin, tout sauf les sujets les plus importants : l'amour, le mariage et les bébés, qu'ils repoussaient toujours à la périphérie de leur relation. Heureusement, Quincy la connaissait assez bien pour savoir qu'elle ne voulait pas en parler et il lui avait dit : *Je serai là pour toi si tu en as besoin.* Quand il l'avait serrée dans ses bras, elle avait dû étouffer plus de pleurs.

Elle avait fini par endiguer ce flot de larmes et comptait bien les tenir à distance pour le reste de la réception.

— Je sais qu'il l'est, déclara-t-elle lorsque les mots de Scott lui revinrent en mémoire.

Je t'aime de toutes les fibres de mon être, Penny. Tu es mon foutu phare dans la tempête. Tu es mon havre de paix. Le monde pourrait exploser autour de moi, mais quand je te regarde, quand j'entends ta voix ou que je sens ton contact, rien d'autre ne compte. Sauf que d'autres choses comptaient, comme la vie qu'ils avaient créée en elle.

— Je dois le reconnaître à Scott. Il est vraiment très malin. Je parie que ma *critique* a été parfaite pour toi. J'ai écrit sur les sundaes dont tu *ne fais* jamais la publicité.

Izzy haussa ses sourcils noirs.

— Comme le *Triple O*[2] et le *Heavenly Hookup*.

— Avec des critiques pareilles, c'est étonnant qu'Alyssa Braden ne se soit pas précipitée à Peaceful Harbor pour voir les célibataires, remarqua Tracey.

Tout le monde rit, y compris Penny, et bon sang, elle avait besoin de ce rire.

Izzy donna un coup de coude à Tracey.

— En parlant d'hommes célibataires, Mr. Gros bras a l'air

---

[2] Triple O signifie Triple Orgame et Heavenly Hookup, rendez-vous paradisiaque

plutôt délicieux dans ce costume.

Penny suivit le regard d'Izzy jusqu'à Desmond "Diesel" Black qui traversait la piste de danse, le visage stoïque, les yeux rivés sur Tracey. Diesel était barman au *Whiskey's* et un Dark Knight nomade. Sa chemise blanche impeccable était tendue sur ses biceps et son torse volumineux ; son pantalon était serré au maximum sur ses cuisses imposantes. Diesel grognait plus qu'il ne parlait et Penny aurait juré qu'il avait l'air d'avoir envie de jeter Tracey par-dessus son épaule et de l'emmener dans sa grotte.

— Waouh. Il est vraiment très beau.

Roni regarda amoureusement Quincy.

— Mais pas autant que mon homme.

Tracey regardait Diesel comme si c'était la première fois qu'elle le voyait.

— Tu as découvert pourquoi il voulait savoir si tu avais un compagnon pour t'accompagner au mariage ? demanda Gemma.

Tracey se mit à rire, mais ses yeux ne quittèrent pas Diesel.

— Quand j'aurai appris à déchiffrer un grognement, je te ferai savoir quelle était la raison.

— Oncle Diesel !

Kennedy sautilla vers Diesel dans sa robe bleue à froufrous et ses chaussures Mary Jane, l'arrêtant au bord de la piste de danse. Ses traits ciselés ne s'atténuèrent pas lorsque Kennedy lui prit la main et le tira vers le milieu de la piste.

À quelques mètres de là, Lincoln se tenait debout sur les pieds de Truman, lui tenant les mains pendant qu'ils dansaient. La vision de ces deux-là réchauffa le cœur de Penny, qui imaginait Scott faisant la même chose avec leur bébé un jour. La masse qui s'était logée dans sa gorge un peu plus tôt revint en force. Pourquoi voulait-elle entretenir ces pensées ?

Pendant que ses amies discutaient, Penny contemplait les jardins et vit Scott qui se dirigeait vers elle. Sa mâchoire était tendue, son menton bas, et son estomac se noua.

Roni se rapprocha d'elle.

— C'est un homme en mission, et je n'en ai jamais vu un aussi déterminé.

Penny était de plus en plus nerveuse à chaque pas de Scott, qui réduisait la distance entre eux. Elle se dit de ne pas faire de scène, de se contenir, mais elle se sentit nauséeuse, et elle ne savait pas si c'était la grossesse ou le fait que depuis qu'elle avait décidé de faire la seule chose juste, elle avait peur que si elle ouvrait la bouche, tout ne sorte.

La panique envahit la poitrine de Penny et elle se détourna de Scott pour essayer de reprendre le contrôle au moment où Lincoln quittait la piste de danse.

— *Danse avec moi ma Zolie*, cria-t-il.

Il attrapa la main de Roni, le tirant vers la piste de danse.

Penny se concentra sur un point de la piste pour essayer de se calmer.

— Mon petit gars, tu me voles toujours ma copine, plaisanta Quincy. Hé, Pen… ?

Il toucha son bras.

— Tu n'as pas l'air bien. Est-ce que ça va ?

Elle savait ce qu'elle avait à faire. Elle puisa dans tout son courage.

— Non, mais j'espère que ça ira mieux, répondit-elle.

Alors que Scott entrait dans la colonnade, elle regarda Quincy.

— Réserve-moi une place sur ton épaule, d'accord ?

UNE TEMPÊTE couvait à l'intérieur de Scott, et s'il ne l'arrêtait pas, elle allait le noyer. C'était une véritable torture de voir Penny pleurer pendant la cérémonie, sachant que c'était sa faute. Il avait voulu la prendre dans ses bras et s'excuser pour l'enfer qu'il avait causé. En plus de cela, se tenir debout pour les photos de famille sans elle lui avait donné un sentiment de déséquilibre et de vide. Il ne pouvait plus le supporter.

— Hé, chérie, dit-il d'un ton bourru. Tu peux venir avec moi, s'il te plaît ?

Il lui tendit la main, et lorsqu'elle la prit, le sourire qui illuminait habituellement la pièce atteignit à peine ses yeux, le transperçant comme un couteau. Elle l'accompagna, mais il sentit une différence dans son toucher et dans l'énergie qu'elle dégageait, comme si elle avait déjà érigé un mur entre eux.

— Où allons-nous ? demanda-t-elle d'une voix douloureuse alors qu'ils se dirigeaient vers la pelouse.

— Je veux que tu sois sur les photos avec nous.

— *Quoi* ?

Penny se figea, des larmes coulant sur son visage.

— Non.

Elle fit un pas en arrière, secouant la tête.

— Je ne peux pas être sur les photos avec ta famille et toi alors que je ne sais même pas si nous serons ensemble demain.

La tonalité de sa voix s'intensifia alors que des larmes coulaient sur ses joues.

— Je ne peux pas… Je ne peux pas faire ça.

— Je ne peux pas non plus, Pen. Je…

— Non !

Elle cria, les sanglots déformant le mot.

— Ne dis rien.

Elle se retourna et s'éloigna de lui, et de la réception.

Il la suivit, lui prit doucement la main.

— S'il te plaît, écoute-moi.

— Je ne peux pas faire *ça* ici, siffla-t-elle. Je ne veux pas que tout le monde soit témoin de ta rupture avec moi. Je sais que tu ne veux pas d'enfants et tu sais que j'en veux, et je t'aime trop pour te forcer à avoir une vie dont tu ne veux pas.

Les sanglots déferlèrent et elle couvrit son visage avec ses mains, parlant derrière elles.

— Mon Dieu ! Dis-le. Finis-en avec ça.

— Ma chérie, je suis désolé de te faire pleurer.

Il recueillit son corps tremblant dans ses bras, son cœur se gonflant et se brisant à la fois.

— Je ne veux pas en finir avec toi, Penny. Je ne peux même pas imaginer un jour sans toi, encore moins une vie entière.

Elle semblait retenir son souffle, son visage toujours enfoui dans sa poitrine. Puis elle releva le visage, les yeux gonflés et troublés, le nez rose et les joues trempées.

— *Quoi* ?

Il prit son visage dans ses mains, essuyant ses larmes avec ses pouces. Son cœur battait si fort qu'il était sûr qu'elle pouvait le sentir battre entre eux.

— J'ai tellement peur de devenir mon père que j'ai failli le laisser gâcher la meilleure chose que j jamais eue. Mais je ne vais pas laisser ce salaud me prendre encore une chose. Je t'aime tellement, Penny. Je n'ai jamais voulu – *je ne veux pas* – te blesser ou te décevoir, et j'ai compris aujourd'hui que mes sœurs et toi aviez raison. J'aime les enfants. J'*aime* leurs sourires, leurs rires, leurs câlins. Je les aime trop pour leur faire du mal. Mais la peur est *réelle*, Penny, et je ne peux pas m'en débarrasser. Quand j'étais là-bas avec tous les gars, leurs femmes et leurs enfants, je me suis rendu compte que je n'avais pas à m'en débarrasser. Avoir peur est la *solution*, pas le *problème*.

— Je ne comprends pas.

Elle cligna des yeux à plusieurs reprises.

— Qu'est-ce que tu dis ? Quelle solution ?

— Je dis qu'au lieu de céder à la peur et la laisser nous briser, je vais suivre une thérapie, trouver où est enterrée cette peur et la faire sortir de son trou. Je vais démonter cette peur morceau par morceau jusqu'à ce que j'aie tout compris.

L'espoir surgit dans ses yeux, amenant plus de larmes.

— Tu le feras ?

— *Oui.* Je t'aime, Penny. Tu es mon âme sœur, ma meilleure amie, mon phare dans cette fichue tempête, et je veux nos vêtements dans une armoire et une commode juste pour toi. Je veux des petites filles qui me mènent par le bout du nez, qui gardent leurs cheveux relevés avec des pinces et des pailles colorées, et qui distribuent l'amour comme si c'était une réserve inépuisable. Je veux des petits garçons qui courent dans les bois, sautent des quais et protègent leurs sœurs des serpents et des brutes, mais qui n'auront jamais à s'inquiéter de les protéger de moi.

Ses larmes perlèrent contre ses pouces et un sanglot s'échappa de ses lèvres.

— Je suis *prêt à tout*, ma chérie. Je ne reculerai devant *rien* pour devenir l'homme que tu mérites.

— Oh, *Scotty* !

Elle se jeta dans ses bras, sanglotant contre sa poitrine.

— Tu as *toujours* été l'homme que je mérite.

Elle se cramponna à lui comme si elle voulait s'enfouir profondément en lui. Mais elle était déjà présente, faisant autant partie de lui que l'air qu'il respirait, apaisant la tempête.

— Tu crois que tu pourras supporter *deux* ou *trois* kilos en plus ? demanda-t-elle en lui prenant la main, mais il ne comprit pas la question.

Elle posa sa main sur son ventre, un magnifique sourire illuminant l'espoir dans ses yeux.

La compréhension fut accompagnée d'un choc.

— *Tu es… Nous sommes… ?*

La joie et la peur se mêlèrent, lui volant la capacité de parler.

— Oui. J'ai fait trois tests.

Trois tests.

— On va avoir un bébé ?

Elle acquiesça.

Elle allait avoir un bébé. Son bébé. *Leur* bébé.

Notre bébé.

Tu vas avoir notre bébé.

Bon sang de bonsoir, on va avoir un bébé.

Des images de petites Penny au sourire radieux et au cœur aimant défilèrent dans son esprit, et comme la kryptonite pour Superman, le bonheur effaça sa peur, et un *"Nous allons avoir un bébé* !" sortit tout naturellement. Penny rit alors qu'il la souleva du sol et écrasa ses lèvres sur les siennes.

— Mon Dieu, je t'aime, dit-il entre deux baisers. *Un bébé.* On va avoir un bébé !

Il n'en revenait pas de sa joie et de la *liberté* qu'il ressentait. Il l'embrassa à nouveau, plus longuement cette fois, et alors que le reste du monde redevenait visible, des acclamations et des applaudissements percèrent le brouillard de son exaltation stupéfaite et il se rendit compte qu'ils étaient entourés de leurs familles et de leurs amis, qui les acclamaient et les applaudissaient. Ses sœurs pleuraient, ainsi que la moitié des femmes présentes, et Hawk prenait des photos. Il regarda autour de lui tandis qu'il déposait Penny par terre, en la maintenant contre lui.

Kennedy fonça vers eux.

— Je veux donner un nom à votre bébé ! hurla-t-elle.

Penny et lui rirent, et il fixa ses magnifiques yeux scintillants.

— Que penses-tu du fait qu'une enfant de cinq ans trouve un prénom pour notre bébé ?

— En quoi est-ce mauvais ? Elle a choisi le prénom de Tallulah.

— J'aime Moana ! dit Kennedy.

Tout le monde éclata de rire.

— Tu veux revoir ta réponse ? demanda Scott.

Penny passa ses deux bras autour de lui.

— Tant que je t'ai toi et notre bébé, c'est tout ce qui compte.

— *Les bébés*, ma chérie.

Il l'embrassa à nouveau.

— Nous avons trop d'amour dans nos cœurs pour le gaspiller.

PLUS TARD, après s'être excusée auprès de Sarah et Bones de s'être immiscée dans leur grand jour, après être passée de félicitations en félicitations, et après avoir posé pour des tas de photos, car Sarah et Bones avaient insisté pour que Hawk en prenne pour commémorer ce qui était aussi devenu le jour spécial de Penny et Scott, Penny était toujours sur un nuage. Des toasts furent portés, Sarah et Bones dansèrent leur première danse sur *It's You* de Maggie Rose, l'artiste qui avait inspiré le nom de leur fille et, après un délicieux repas, Scott entraîna Penny sur la piste de danse.

Quand il la prit dans ses bras et la regarda amoureusement droit dans les yeux, elle remarqua que les ombres avaient disparu. Il semblait plus léger, plus heureux. Elle le sentit dans son étreinte, aussi. Le lien sous-jacent qu'elle avait ressenti autrefois avait disparu, comme si le fait de prendre en charge ses peurs l'avait libéré.

— Tu te souviens de notre premier vrai rendez-vous ? demanda-t-il.

— Comment pourrais-je oublier ?

— C'était le jour où tu m'as laissée entrer dans ton cœur.

C'était un dimanche froid de début novembre, et ils avaient pris son bateau pour se rendre sur l'île de Capshaw, une petite ville de pêcheurs avec des poneys sauvages, une réserve naturelle, avec peu de commerces. Ils avaient traversé la ville et étaient allés jusqu'à la plage où les poneys couraient en liberté. Ils s'étaient blottis, emmitouflés dans des couvertures et avaient observé les poneys pendant un long moment. Elle n'oublierait jamais la façon dont il s'était progressivement détendu, relâchant la tension qu'elle n'avait même pas remarquée qu'il portait jusqu'à ce moment précis sur la plage. La même tension, elle le comprenait maintenant, qu'il possédait chaque jour depuis, jusqu'à il y avait quelques heures. Ce jour-là, sur l'île, c'était la première fois qu'il lui avait parlé des abus dont Sarah et lui avaient soufferts, de la peur dans laquelle ses sœurs et lui avaient vécu et de la culpabilité qu'il avait ressentie de ne pas pouvoir protéger Sarah de la colère de leurs parents ou Josie des bagarres auxquelles elle avait été forcée d'assister.

Il posa ses lèvres sur les siennes pendant qu'ils dansaient.

— Je me rends compte à présent que je n'ai jamais fini de te laisser entrer. J'ai vécu avec une armure, essayant de protéger les autres au cas où mon père serait en moi. Mais quand j'ai compris que j'allais te perdre, je savais que je devais trouver un moyen de m'en libérer et de voir ce qui restait. Il s'avère que ce n'était pas mon père à l'intérieur, après tout. C'était la peur de devenir lui qui me rongeait. Je l'avais piégé en moi pendant si longtemps, je n'avais aucune idée de comment être autrement. Tu as changé ça, mon cœur. Ton amour m'a libéré. Je vais faire tout ce que j'ai promis, et je suis sûr que ce ne sera facile pour aucun de nous. Merci d'avoir vu en moi ce que je ne m'étais jamais permis de voir. Je suis désolé qu'il m'ait fallu si long-temps pour en arriver là.

Elle n'avait pas pensé qu'il était possible de l'aimer plus qu'elle ne l'aimait déjà, mais désormais elle savait qu'elle avait tort.

— Je t'aurais attendu éternellement, Scotty, même si cela signifiait vivre dans des maisons séparées et élever notre enfant ensemble mais séparément. Je savais au fond de mon cœur qu'un jour tu te verrais comme je l'ai toujours fait et que tu reviendrais vers nous. Ce jour est arrivé beaucoup plus tôt que je ne l'aurais cru possible et je suis tellement heureuse qu'il soit arrivé.

Il posa son front sur le sien.

— Je t'aime, ma chérie.

Il arrêta de danser et s'abaissa en face d'elle, plaçant ses mains sur son ventre.

— Je vais être le meilleur papa que ce monde ait jamais connu.

Il déposa un baiser sur son ventre et les larmes montèrent aux yeux de Penny. À ce moment-là, sous les lumières scintillantes de la colonnade, entourés des personnes qu'ils aimaient le plus, avec toute une vie d'amour devant eux, elle sut qu'ensemble, ils pourraient gérer les hauts, les bas et tout ce qui mettrait sur leur chemin.

CHAPITRE SEPT

L'ODEUR DU beurre fondu se répandit dans le salon, mettant l'eau à la bouche de Penny alors qu'elle mettait en pause le film *La Proposition* qui passait à la télévision. À quatorze semaines de grossesse, elle avait tellement d'envies qu'aucune n'était épargnée, y compris son péché mignon *Le petit ami, accompagné de boules de glace par-dessus.*

Deux mois s'étaient écoulés depuis le mariage de Bones et Sarah, sept semaines depuis que Penny avait emménagé chez Scott, et deux semaines depuis qu'ils avaient entendu les battements de cœur du bébé. Elle plaça sa main sur son petit ventre, se rappelant comment Scott et elle avaient pleuré quand ils l'avaient entendu. Elle ne s'attendait pas à ce qu'il pleure aussi, mais il l'avait beaucoup surprise ces derniers temps. Pas un jour ne passait sans qu'il n'embrasse son ventre ou qu'il ne parle au bébé. Il avait même commencé à se renseigner sur les couleurs de peinture de la deuxième chambre pour en faire une chambre d'enfant.

— Tu fais du pop-corn ?, l'interpella-t-elle depuis la cuisine où il lui préparait un bol de glace.

— Oui. Tu en veux avec ta glace ?

Elle se retourna pour le regarder, torse nu de l'autre côté du mur mitoyen. Elle jurait qu'il était de plus en plus beau chaque jour.

— Oui, s'il te plaît, répondit Penny. Ça te dérangerait d'apporter un bol de myrtilles, aussi ?

Il rigola.

— Ça marche, ma puce.

Son regard parcourut son corps. Elle portait toujours la chemise rose décolletée et la mini-jupe noire qu'elle avait portées pour le spectacle de danse solo de Roni plus tôt dans la soirée, qui avait été incroyable.

— *Mm-mm.* Je suis un homme chanceux. Tu es éblouissante.

— Tu n'es pas mal non plus.

Elle lui envoya un baiser.

— J'ai imaginé un nouveau sundae rien que pour toi.

Il trouvait toujours de nouvelles idées pour sa boutique. Le dernier en date était le sundae *On va avoir un bébé*, un banana split en forme de landau avec des Oreos comme roues.

— Super ! A ce rythme, je vais devoir acheter un plus grand tableau noir pour la boutique. Qu'est-ce que c'est ?

— Je ne le fais rien que pour toi. Je te montrerai quand je te l'apporterai.

Elle avait du mal à croire à quel point il s'investissait pleinement dans la paternité, mais il avait aussi changé sur d'autres plans. Il était plus ouvert, parlant de l'avenir comme il ne l'avait jamais fait auparavant. Leurs ébats amoureux avaient également changé. Parfois, Scott était encore plus affectueux et tendre, *et d'autres fois*, il était bestial, un peu brutal et novateur, et elle aimait les deux facettes. Elle savait que ces changements étaient dus à la confiance qu'il avait acquise en lui-même et au fait qu'ils s'étaient rapprochés depuis qu'il avait commencé une thérapie la semaine suivant son emménagement.

Il s'était rendu seul à sa première séance et lui avait demandé de le rejoindre à partir de ce moment-là. Cela n'avait été facile ni pour l'un ni pour l'autre, même si Quincy et Roni, qui avaient tous deux suivi une thérapie, les avaient mis en garde contre la façon dont elle pouvait faire remonter des sentiments et des souvenirs refoulés. Penny n'était pas prête à voir combien il était douloureux pour Scott de revivre ces moments terribles. Mais elle était heureuse qu'il lui permette d'être à ses côtés alors qu'ils apprenaient à naviguer dans son passé pour ouvrir la voie à leur avenir. Cela lui avait permis de mieux comprendre pourquoi il avait porté cette armure qu'il avait décrite le jour du mariage et pourquoi il avait été si difficile de s'en défaire.

Elle avait toujours su que Scott était courageux, mais la thérapie avait nécessité un autre type de courage et de force, prouvant une fois de plus qu'il n'y avait rien que Scott Beckley ne puisse accomplir.

— C'est un nouveau sourire de désir ? demanda Scott.

Elle ne s'était pas rendu compte qu'elle le fixait.

— Oui, mais c'est un autre type de faim.

Elle se sentait très excitée.

— En fait, tu devrais apporter la crème fouettée avec toi, ajouta-t-elle.

Son regard s'embrasa, lui envoyant des images de lui allongé nu sur le canapé avec de la crème fouettée sur son…

Stop stop stop !

Elle n'en avait jamais assez de lui ces derniers temps. Quand elle avait dit à Finlay que ses hormones s'étaient déchaînées, sa sœur lui avait répondu : *Attends d'avoir atteint ton quatrième et cinquième mois. Tu voudras l'attacher au lit 24 heures sur 24.*

Penny en était déjà à ce stade.

Il sortit de la cuisine en portant un énorme bol rempli de

crème glacée, de caramel chaud, de crème fouettée, de myrtilles, de pépites de chocolat, de cerises et de paillettes arc-en-ciel.

— La vache, Scotty !

Elle se redressa pour mieux voir quand il posa le bol sur la table basse.

— Tu as utilisé tout le contenu du pot ?

— Jusqu'à la dernière goutte.

— J'espère qu'on va le partager, dit-elle en regardant l'énorme sundae. Ça a l'air délicieux. Comment tu vas l'appeler ?

— Ce sera le sundae *Veux-tu m'épouser ?*

Il mit un genou à terre et fit pivoter le sundae, révélant un autel de glace avec des mariés en plastique se tenant la main à côté d'un minuscule landau.

La mâchoire de Penny se décrocha, incrédule, et ses yeux se remplirent de larmes.

— *Oh Mon Dieu* !

Il lui prit la main, les lèvres étirées par le sourire le plus éclatant qu'elle ait jamais vu.

— Je me suis entraîné cent fois au cours du mois dernier et je savais exactement ce que j'allais dire. Mais maintenant mon cœur s'emballe, tu es si belle, et tu es *ici* dans *notre* maison, sur *notre* canapé, en train de construire une vie avec moi que je n'aurais jamais imaginée avoir, et je peux difficilement avoir les idées claires.

Des larmes brillèrent dans ses yeux, l'attirant encore plus vers lui.

— Je veux *plus*, Penny. Je veux que le monde sache que tu es à moi et que je suis à toi. Je veux que nos bébés grandissent avec des parents sur lesquels ils peuvent compter pour tenir le coup contre vents et marées, et après ce que nous avons traversé ces derniers mois, je sais qu'il n'y a rien que nous ne puissions gérer. Je veux faire l'amour sur notre bateau, emmener nos enfants dans tous les endroits qu'on a explorés ensemble et je veux trouver tes pinces à cheveux dans notre canapé quand on sera vieux et grisonnants.

Un rire nerveux retentit.

— Tu m'as donné le courage de me laisser aimer pleinement et librement et d'être l'homme que je suis censé être. Tu es restée à mes côtés et je veux rester à tes côtés à jamais. Penelope Anne Wilson, veux-tu m'épouser ?

— Oui !

Elle jeta ses bras autour de son cou, l'embrassant fougueusement, ses larmes salées glissant entre leurs lèvres.

— Je t'aime tellement, Scotty. Je suis *impatiente* de devenir ta femme.

— Et je brûle d'impatience d'être ton mari.

Il passa la main derrière le sundae et tendit une petite boîte noire avec un nœud rose dessus, qu'il avait dû cacher là en le posant.

— Je sais que ton père avait l'habitude de célébrer tes étapes importantes avec des cadeaux avec des nœuds roses dessus. J'espère que ça te convient.

— C'est plus que satisfaisant, dit-elle en tremblant.

Il ouvrit la boîte et montra une bague. Elle n'avait jamais vu quelque chose d'aussi beau et d'élégant. Un halo de diamants blancs entourait un halo de diamants marron, et au centre se trouvait un étonnant diamant jaune, le tout scintillant sous les lumières.

— *Scotty*, dit-elle en tremblant. Je n'ai jamais rien vu de tel.

— Elle est unique en son genre, comme toi. Une femme qui fait des sundaes qui mettent du soleil dans la vie des autres mérite quelque chose d'aussi magique dans la sienne, déclara-t-il en la lui mettant au doigt.

— J'ai quelque chose de magique dans ma vie. Je t'ai *toi*.

— Et Moana, ajouta-t-il, les faisant rire tous les deux.

— Tu m'as donné tout ce que je pouvais désirer – une raison de sourire chaque matin quand je me réveille dans tes bras, une maison à nous, et notre future petite famille heureuse.

— Et nous allons beaucoup nous amuser à la construire.

Il abaissa ses lèvres sur les siennes, scellant leurs promesses, et leurs futurs, avec leurs meilleurs baisers jusqu'à présent – les baisers d'un mari et d'une femme sur le point d'unir leurs vies.

Envie de découvrir d'autres membres de la famille Whiskey ?

Si vous êtes accros aux Whiskey, ne manquez pas l'histoire de Diesel et Tracey dans *À l'état brut*. Si vous avez découvert la saga avec cette novella, sachez que la série débute avec ***Sous l'armure de ton cœur*** qui raconte l'histoire de Truman et Gemma.

Succombez au charme de Tracey et Diesel !

Desmond "Diesel" Black est un "Nomade" chez les Dark Knights, un club de bikers. Il protège les autres au péril de sa vie et roule toujours seul. Tracey Kline a laissé la seule famille qu'elle avait pour un homme qui a brisé plus que son esprit, la laissant seule et incapable de faire confiance de nouveau. Quand un revirement du destin révèle des morceaux de leurs passés et que personne d'autre ne voit, seront-ils capables de s'aider à réparer leurs blessures ? Pourront-ils apprendre à faire confiance à l'alchimie et la connexion qui est trop forte pour être ignorée ?

Achetez *À L'ÉTAT BRUT*

Retrouvez tous les tomes de la série :

Les Whiskey: Les Dark Knights de Peaceful Harbor
www.MelissaFoster.com/les-whiskey-les-dark-knights-de-peaceful-harbor

Autres livres par Melissa
(en anglais)
English Editions

<u>LOVE IN BLOOM SERIES</u>

SNOW SISTERS
Sisters in Love
Sisters in Bloom
Sisters in White

THE BRADENS at Weston
Lovers at Heart, Reimagined
Destined for Love
Friendship on Fire
Sea of Love
Bursting with Love
Hearts at Play

THE BRADENS at Trusty
Taken by Love
Fated for Love
Romancing My Love
Flirting with Love
Dreaming of Love
Crashing into Love

THE BRADENS at Peaceful Harbor
Healed by Love
Surrender My Love
River of Love
Crushing on Love

Whisper of Love
Thrill of Love

THE BRADENS & MONTGOMERYS at Pleasant Hill – Oak Falls
Embracing Her Heart
Anything for Love
Trails of Love
Wild Crazy Hearts
Making You Mine
Searching for Love
Hot for Love
Sweet Sexy Heart
Then Came Love
Rocked by Love
Falling For Mr. Bad (Previously *Our Wicked Hearts*)
Claiming Her Heart

THE BRADEN NOVELLAS
Promise My Love
Our New Love
Daring Her Love
Story of Love
Love at Last
A Very Braden Christmas

THE REMINGTONS
Game of Love
Stroke of Love
Flames of Love
Slope of Love
Read, Write, Love
Touched by Love

SEASIDE SUMMERS
Seaside Dreams
Seaside Hearts
Seaside Sunsets
Seaside Secrets
Seaside Nights
Seaside Embrace
Seaside Lovers
Seaside Whispers
Seaside Serenade

BAYSIDE SUMMERS
Bayside Desires
Bayside Passions
Bayside Heat
Bayside Escape
Bayside Romance
Bayside Fantasies

THE STEELES AT SILVER ISLAND
Tempted by Love
My True Love
Caught by Love
Always Her Love
Wild Island Love

THE RYDERS
Seized by Love
Claimed by Love
Chased by Love
Rescued by Love
Swept Into Love

Crazy, Wicked Love
The Wicked Truth
His Wicked Ways

SILVER HARBOR
Maybe We Will
Maybe We Should
Maybe We Won't

WILD BOYS AFTER DARK
Logan
Heath
Jackson
Cooper

BAD BOYS AFTER DARK
Mick
Dylan
Carson
Brett

<u>HARBORSIDE NIGHTS SERIES</u>
Includes characters from the Love in Bloom series
Catching Cassidy
Discovering Delilah
Tempting Tristan

More Books by Melissa
Chasing Amanda (mystery/suspense)
Come Back to Me (mystery/suspense)
Have No Shame (historical fiction/romance)
Love, Lies & Mystery (3-book bundle)
Megan's Way (literary fiction)
Traces of Kara (psychological thriller)
Where Petals Fall (suspense)

Remerciements

J'espère que vous avez adoré l'histoire de Penny et Scott autant que j'ai aimé l'écrire. C'est ma grande amie Lisa Filipe qu'il faut remercier pour m'avoir poussée à écrire cette histoire car c'était maintenant ou jamais. Elle m'a également montré toute l'importance d'écouter mes personnages et de leur faire une petite place dans un agenda déjà bien chargé avant que je ne les perde. Dormir, c'est surfait, pas vrai ? Merci Lisa d'être aussi fofolle que moi.

Je suis impatiente de vous faire découvrir d'autres histoires d'amour, parmi lesquelles celles des Braden de Weston et d'autres séries.

Suivez ma page d'auteur sur Facebook ou Instagram pour des concours et les dernières informations sur les séries de vos héros préférés.
www.Facebook.com/MelissaFosterAuthor
www.Instagram.com/Melissafoster_Author

Si vous préférez les romances plus douces, sans scènes explicites ni langage cru, découvrez ma série en anglais, *Sweet with Heat*, sous le nom de plume, Addison Cole. Vous y trouverez les mêmes histoires d'amour, en un peu moins torrides.

Merci à ma formidable équipe éditoriale, Kristen Weber et Penina Lopez, et à mes méticuleuses relectrices, Elaini Caruso,

Juliette Hill, Marlene Engel, Lynn Mullan, Justin Harrison et Lessa Owen. Pour la traduction française, merci à Judy Leeta.

En dernier, mais non des moindres, un énorme merci à ma famille pour sa patience, son soutien et son inspiration.

Retrouvez Melissa

www.MelissaFoster.com

Melissa Foster est une auteure primée, dont les best-sellers figurent aux classements du *New York Times* et de *USA Today*. Ses livres sont recommandés par le blog littéraire de *USA Today*, le magazine *Hagerstown*, *The Patriot* et de nombreuses autres revues.

Retrouvez Melissa sur son site web ou discutez avec elle sur les réseaux sociaux. Melissa aime parler de ses livres avec les clubs de lecture et les groupes de lecteurs. N'hésitez pas à l'inviter à vos événements. Les livres de Melissa sont disponibles dans la majeure partie des boutiques en ligne, en version papier et numérique.

Melissa écrit également des romances douces (sans scènes explicites) sous le nom de plume Addison Cole.